幼なじみが絶対に負けないラブコメ

OSANANAJIMI GA ZETTAI NI MAKENAI LOVE COMEDY

［著］

二丸修一

SHUICHI NIMARU

［絵］

しぐれうい

プロローグ

＊

俺は帰宅すると、そのまま自室へ直行した。

電気をつけ、カバンを適当に投げ捨てる。

何気なく椅子に腰をかけると、勉強机の上で頭を抱えた。

「——やっちまったぁぁぁぁぁぁ!?」

脳裏に先ほどの光景がよぎる。

部室で黒羽(くろは)、白草(しろくさ)、真理愛(まりあ)の三人に告げたときのことだ。

『俺たち——少しの間、距離を置かないか？』

俺は眉間をつまんでみた。一度冷静になって、これが現実のことか確認しようと思ったのだ。

目にかすみはない。腕をつねってみる。痛い。やはりこれは現実だ。

心の余裕を保つためには、まず仕草から始める必要があるんじゃないかと思って『HAHAHA！』と言わんばかりに肩をすくめてみた。

しかし、やはりどうにもしっくりこない。

諦めのため息をつくと、ベッドまで移動し、制服のまま頭から毛布をかぶった。

「――何やってるんだよ、俺ぇぇぇぇぇぇぇ!?」

わかってる？　俺、ファンクラブができたっていっても一瞬のことで、しかもたまたまちょっと演技が評価されたって程度なんだよ!?　演技の評価なんて流行の食べ物みたいにすぐに忘れられちゃうもの！　俺は阿部先輩みたいにたくさんの女の子から好意を寄せられて、『困ったなぁ』みたいなこと言っても嫌みにならないようなイケメンじゃないぞ!?

それがさ、黒羽や白草や真理愛みたいに、誰が見ても可愛くて、人気があるような女の子から好意を寄せられるなんて、まさに奇跡！　天使様がダンゴムシに愛情を抱くようなものだ！

なのに……。

「それがわかっていながら、俺はなんて……なんてひどいことを……っ！」

冷静になれ。こういう非常事態にこそ、これまでの舞台経験を活かすべき。そうだ、幼いころ、舞台中の照明トラブルもとっさのアドリブで何とか切り抜けたじゃないか……あの冷静さを思い出すんだ……。

――ピンポーン。


玄関からのチャイム音。

（まさか……）

真っ先に頭をよぎったのは『黒羽、白草、真理愛の三人が家まで押しかけてきたのでは？』というものだった。

さっきは距離を取りたい宣言に呆然としてしまったが、納得いかずに問い詰めに来た――十分にあり得る展開だ。

しかしそれは困る。正直なところ動揺を隠せない。

距離を取りたい宣言をするときまでは、覚悟が決まっていた。だが三人の困惑した顔を見て、今は後悔が渦を巻いている。

（……居留守を使うか）

いや、黒羽がいるとしたらそんな俺の行動などお見通しだ。下手したら銀子さんから俺の家の鍵を借りている可能性まである。

（……覚悟を決めて、様子を見に行こう）

そう決めた。

俺は足音を殺し、玄関へ向かった。その間にもチャイム音は家の中を反響している。

こっそりドアについたレンズから外を眺めてみた。

すると――

「何だ、哲彦じゃねぇか」

手には珍しくスーパーの袋を持っている。

俺は安堵のため息をつき、ドアを開けた。

「おせぇよ、バカ晴」

「どうしたんだよ、いきなり来て」

「いや、別に？　たまには夕飯一緒に食おうかなと思ってな」

そう言ってスーパーの袋を掲げた。中には食材が入っているようだ。

「お前が作るのか？」

「どーせお前んちじゃカップラーメンしかねーだろーって思ってな」

「まあそれはそうなんだが、珍しいこともあるもんだ」

「って言っても夏休みにはたまに来て作ってただろうが」

「それもそうか」

夏休み——黒羽から告白され、それを断ったあげく微妙な関係になっていた時期。毎週掃除に来てくれていた黒羽とどういう顔をして会えばいいかわからずにいた。

そこで哲彦を家に呼び、一緒に夕飯を食べることを理由に黒羽の掃除を断っていたことがある。なのでまあ最近では珍しいが、哲彦が俺の家に夕食を食べに来るのは別に驚くようなことではなかった。

「まあ入れよ」

俺は哲彦をリビングに案内した。

勝手知ったる家と言わんばかりに哲彦はスーパーの袋をキッチンに置き、腕まくりをした。

「末晴、夕飯食ってないだろ？」

「ああ。作ってくれれば食う」

「てめーも手伝え」

というわけでいつの間にか俺は洗い物をする羽目となっていた。

でもまあ、それもいいかと思った。

だって部屋にいても、自己嫌悪と葛藤でベッドで転がることくらいしかできなかっただろうから。

哲彦の指示をこなしている間に料理は作られていき、気がつけばテーブルにボンゴレビアンコとサラダが並べられていた。

テレビの音声をバックミュージックにしつつ、俺たちは夕食を食べ始めた。

「あいかわらず無駄に料理の出来がいいな」

味付けがいいし、何より見栄えがいい。サラダなんか緑黄色野菜たっぷりで、イタリアンレストランで出てきそうな見た目をしている。

「バカが。料理の腕はモテに影響するんだよ」

「お前を褒めるとだいたいそこに繋がるんだよな。死ね」

「んなこと言ってる余裕あんのか、お前？」

「は？　何のことだよ」

「末晴、お前さ、今度は何やったんだ？」

俺は思わず喉を詰まらせてしまった。しらを切ればよかったが、素直な自分が恨めしい。

俺の反応を見て、推測から確信に変わったのだろう。

哲彦は畳みかけるように言った。

「んなもん志田ちゃんたちの様子見れば、何かあったのは丸わかりだろ。んでそれがお前が何かをしたせいってのもわかって当然。でも何をしたかまではわかんねーから聞いてんだよ」

まったく俺の周りのやつはどうしてこう察しがいいのだろうか。もう少し一人でゆっくり考えたいというのに、その暇さえ与えてくれない。

哲彦はマグカップに入った手作りドレッシングをスプーンでかき混ぜ、手元の小皿に移したサラダに垂らした。このドレッシングを作ったのはもちろん哲彦だ。

「ぐちぐち悩んでたって前に進まねーだろうが。何があったかなんてどうせ時間が経てば別の方向から聞こえてくるんだから言えよ」

「その通りすぎてムカつくな」

経験から知っている。哲彦に対して『誰かへの気持ち』といった心の中のことなら隠せるときはあるが、『事件』は隠せない。

「……わかった。飯を食いながら話すから、聞いてくれ」

そうして俺はゆっくりと語り始めた。

黒羽や白草だけでなく、真理愛まで意識するようになってしまったことへの罪悪感。しかし三人との距離は同時に近づいていき、そのたびに心が揺れてしまう。

そこでかけられた客観的な二人からの言葉——

蒼依の『不誠実』という発言と、陸からの『一時的でもいいんで、色気で押されないレベルまで距離を置くしかないんじゃないっすか？』というアドバイス。

俺は思い悩み、『俺たち——少しの間、距離を置かないか？』と黒羽、白草、真理愛に告げてきた——といったことを話した。

「ふーん」

哲彦の反応はあいかわらずそっけないものだった。

「ま、最後以外はだいたい知ってたけどな」

「お前どこでそういう情報手に入れてくるんだよ⁉　ホント不思議なんだけど⁉」

俺が真理愛を意識し始めたとか、三人に罪悪感を覚え始めたとか、この辺りまでは普段の行動で見抜けるとしよう。

しかし蒼依と陸の発言を知っているのはマジで謎。俺のプライベート情報は闇のルートで売買されているんじゃないだろうかと疑いたくなるほどだ。

「蒼依ちゃんのほうは伏せておくが、間島陸のほうはオレも連絡先交換してるから、この前話題に出ただけだぞ」

「本当、神様はなぜこいつにこれほどの社交性を与えちまったんだろうな」

つい『性格がいい＝社交性がある』と思ってしまいがちだが、哲彦を見ていれば性格と社交性にはまったく相関関係がないってことがよくわかる。まあ哲彦の場合は、きっとドライだからこそ遠慮なく踏み込める部分があってうまくやれるんだろう。

哲彦はパスタの残りをうまくフォークで巻いて口に入れると、大皿を横にどけた。

「で？」

「……何だよ」

「別に三人と距離を取るってのは、オレは間違ったアイデアじゃないと思うぜ？」

「そうなのか？」

「ああ。マジでそう思ってる。でも問題は、お前自身がそれでよかったのか迷ってることじゃねぇか？」

「……う」

「オレは別に距離を置く必要なんてねぇと思ってるがな。まあぶっちゃけ、本質を考えれば距離を置くか置かないかはこの際どうでもいいことだ。だってよ、問題は『お前が後悔なく誰か一人を選べるかどうか』だろ？」

そうだ。哲彦の言う通りだ。

一番大事なのは――〝そこ〟だ。

「そのために三人と距離を取るのが最善っていうなら、間違ったアイデアじゃねぇ。でもな、そう決めたなら貫く必要があるだろ」

「……だよなぁ」

俺はがっくりと肩を落とした。

「悪い。正直俺、日和ってた。あの三人の困惑した顔見たらさ、心揺れちゃって」

「まあ際どい発言なことは確かだからな。例えば『自分たち以外に好きな人ができたから距離を取ろうって言い出したんじゃないのか？』なんて邪推だってされかねないし」

「ううっ！　ち、ちがっ、そうじゃないんだ……っ！」

「いや、オレに言い訳してどうするよ」

「ぐっ……」

「まあの三人は賢いから大丈夫だと思うけどよ。ただお前がそこまでしようと思ったのって、やっぱり蒼依ちゃんの言葉が効いてんのか？」

「……まあ」

『――他に気になる女性がいるのに、流されるのはやっぱり不誠実です』

このセリフが忘れられない。

「そりゃあの三人と距離を取りたいなんて俺は思ったことねぇよ。でもさ、距離を取った今の状態で、ようやく不誠実ではない状態になったとも言えるんじゃないかって思うんだ」

いろんな子にデレデレしているのは当然不誠実だ。だから距離を取って、全員に対してそう簡単にデレデレしないようにする。これが誠実な行動じゃないだろうか。

「ははぁ、なるほどな。お前の誠実ってのは、そういうことか」

「『お前の誠実』って何だよ」

「いや、誠実って人によって違うからよ」

「……嫌な予感がするが、お前ならどう行動するのが誠実だ？」

「好きな子全員を心の赴くままに愛するのが誠実だろ？」

「あいかわらず最低な発言をありがとう。死ね！」

こいつはこういうやつなんだよな！　まったく基準が常識から外れてるっていうか！　経験が豊富なくせに参考にならないのはこういうところのせいだ！

哲彦は頭を掻いた。

「真面目にアドバイスしてやるとさ、オレから見るとお前は『あの三人を遠ざけたことで愛想をつかされることを恐れている』ように見える」

「…………」

「いや、三人を遠ざけたことさえ、あの三人に愛想をつかされることを恐れてなのか？」

「…………」

そうか、俺は――あの三人に嫌われたくないんだ。

好きだから。それだけ惹かれているから。

しかし一人に決められず、かといってのんびりとこのままにしていていいようにも感じられず、ただただ罪悪感だけが積もり――このような行動を取ってしまった。

「オレはよ、お前はお前の流儀でやりゃいいと思うんだよ。何が正解なんて、よくわかんねーんだから。でも覚えといたほうがいいのは、『お前の誠実』ってやつを志田ちゃんたちが誠実って感じるかわかんねーってことだ。そもそも正解なんて一つじゃねぇかもしれねぇし、すべてが正解かもしれねぇ。ま、後悔しねぇようにやるんだな」

「哲彦……」

俺はちょっと感動してしまった。びっくりするほどまともなアドバイスじゃないか。

「ありがとな。俺、いろいろ考えてみるわ」

「気にすんな。当たり前のアドバイスをしただけだ」

哲彦は優しい笑顔を浮かべる。

俺もまた笑顔を浮かべて尋ねた。

「で、本音は？」

「悩めば悩むほど泥沼に落ちて面白ぇから、もっと悩めばいいのに」

「ホントお前最低だな！」

＊

哲彦が帰宅した後、俺は風呂に入り、自室のベッドにダイブした。

「……考えなきゃ」

誰を選ぶのか、真剣に。

哲彦の動機はどうあれ、言っていることは間違っていない。

「って言っても、告白してくれたのはクロだけなんだよな……。シロとモモに関して、もし勘違いだったら俺、とんでもないピエロだな……」

勘違いは恐ろしい。勘違いにより、あの『――ヤダ』の惨劇がもう一度繰り返される可能性だってありえるのだ。まあ真理愛はかなり告白に近い形のアプローチをしてくれていると思うし、白草も好意を寄せてくれているのは感じているから、『惨劇再び』みたいにはならないと思っているのだが。

「……と、待てよ」

俺は今、現状を『ようやく不誠実ではない状態』とみなしていた。

でも違う。向き合わなきゃいけないものが一つある。

――〝おさかの〟だ。

黒羽の提案を呑み、恋人一歩手前の関係を築いてきた。

しかしファンクラブ騒動や真理愛の一件、朱音のトラブル、期末テストなど、バタバタしていたことで黒羽と関係を深める努力をしてきたかと言われれば、否だ。むしろ〝おさかの〟は黒羽以外の子と距離が近くなった際、『クロと〝おさかの〟関係だから、自重しなきゃ』という、精神的ストッパーの働きをするほうが多かったように感じる。

（あれ、もしかしてこれ、恋人ではなくて、結婚した後の精神状態に近い……？）

奥さんがいるからちょっと飲み会を控える、女性にデレデレしないようにする、などなど。なんだか距離は近いのに、特別にデートとかしてないところも、結婚後の状況に近い気がする……。もしかしたら俺は、黒羽（くろは）との関係が言葉として明確になったことで、変に安心してしまっていたのかもしれない……。

「〝おさかの〟についても、ちゃんと考えなきゃ……」

距離を置くのなら、〝おさかの〟も宙ぶらりんになるはずだ。だからといって何も言わず放置していいわけがない。

順序から言えば、まず〝おさかの〟を整理することで三人と平等な距離感を保ち、その後誰を選ぶのか考えるのが正しいだろう。

そうなると、早めに〝おさかの〟を何とかしなきゃいけない。

（しかし整理するって言っても、どうすればいいんだろうか……）

俺はベッドを転がり、部屋の照明に向けて手を広げた。

「誠実、かぁ……」

考えれば考えるほど、誠実って難しい。

例えばこういう話がある。

格闘技で片方が負傷していたけど、怪我（けが）を押して試合に出た。もう一方は怪我（けが）のことを知っていたが、全力で立ち向かうことこそが礼儀と思い、時には負傷箇所を狙って攻撃して勝利した。

これは誠実？　不誠実？

たぶん人による。どんな事情があろうと全力で向かうのが誠実だと言う人もいれば、負傷しているところを攻撃したことを不誠実と言う人もいるだろう。

勝負に関する誠実さを表すものとして、将棋の世界には『米長哲学』がある。『自分にとっては消化試合だが相手にとって重要な対局であれば、相手を全力で負かす』――というものだ。

こういう指針となる先人の言葉がある将棋はいいほうで、どの世界でも誠実さの定義は案外難しく、メジャースポーツでさえ――いや、スポーツに限らず日常のあらゆるもので――誠実さとは何かで時折口論が起こる。

「俺は――」

かざした手を下ろし、腕で目を覆い隠す。

暗闇の中、俺は自分なりに何をすべきか考えた。

＊

「――三人同時にハルを振るの。どう？」

喫茶店の個室に黒羽の声がさざ波のように広がる。

寒風が庭の木々を揺らす音がした。この喫茶店はイングリッシュガーデン風の庭が売りだが、現在は冬のため寂しい姿となっている。

「いろいろ気になることはあるけれど、ひとまず詳細を聞かせてもらえないかしら？」

「ですね。そうでないと判断ができません」

白草と真理愛は手元の飲み物に口をつけた。

しかしそれは落ち着かないせい。場の緊張感は明らかに増していた。

「現状を再確認しよっか。あたしたち三人は、ハルから『距離を置かないか？』と言われてしまった。これはあたしたちがそれぞれアタックしたことで、ハルが誰を選んでいいか迷うあまり罪悪感を覚えちゃって、そのせいでいったん冷静になるためのセリフだと思うの。違う？」

「そうね。そこは異論なしよ」

白草はコーヒーカップを白く長い指でなぞった。

「志田さん、あなたの意図もわかってるつもりよ。三人同時に冷たくすることで、私たちの価値をスーちゃんに強く認識してもらうということでしょう？」

「しかし疑問は残ります。『冷たくする』ことで『モモたちの価値を強く認識してもらえる』とは限らないです。いえ、むしろ冷たくしたことで末晴お兄ちゃんがモモたちのことを諦めてしまう可能性もあります。例えば——『あいつら面倒くさいからもういいやー。他にも好意を持ってくれていそうな可愛い子いるしー、そっちから選ぶかー』とか。そうなってしまったら──裏目ですね」

真理愛の物真似は末晴に似ているというより、ありもしない軽薄さを極大化したものだった。

しかし恐怖心を十分にあおる効果を持っていた。

「ダメよ……っ！　そうなったらせっかく潰したあのファンクラブの連中が湧き出てきちゃうわ……っ！」

「まあそうだよね。あたしの提案はどんな理由やフォローがあろうと、一旦は『ハルを振る』って話。だからリスクがある。それは認めるよ」

黒羽は三つ編みを耳にかけると、しょう油をオレンジジュースに垂らした。

うっ、と白草と真理愛が喉を詰まらせ顔を歪める。

黒羽は顔色を変えずしょう油入りオレンジジュースを飲むと、コースターを少し遠ざけた。

「一応例え話を出すなら、北風と太陽かなって思うの。ハルはあたしたちがあまりにアタックをしたことで、たくさん服を着こんでしまったの。これじゃあどれだけ強く風を送っても無理。その逆のことをやる必要があるの。もちろんこの例えだと、熱＝冷たくするってなっちゃうからイメージしにくいと思うけど、そこはうまく脳内で処理して」

「……意味はわかっているつもりです」

真理愛が頷いた。

「ですがやはり、黒羽さんの提案が現状を打破する最高のアイデア、とは思えませんね。ちなみに確認ですが、今、モモたちが嫌われたせいでこのような状況になってしまったわけではない――というのは共通認識でいいですよね？」

黒羽と白草は無言で頷いた。

「だとすると、互いの考えをすり合わせることが必要じゃないでしょうか？」

「例えば？」

黒羽が尋ねた。

「重要なのはモモたちが『距離を取られることを望んでいない』と伝えることだと思います。末晴お兄ちゃんが黒羽さんや白草さんにデレデレするのはそりゃ好みませんが、モモがお兄ちゃんにくっつけないほうが嫌です。末晴お兄ちゃんの考える『誠実』が、モモたちにとっての『誠実』でないことをしっかり伝えることが肝要ではないかなと」

白草が会話に割って入った。

「ちょっと待って、桃坂さん。私は泥仕合になるくらいなら、今のほうがいいと思っているわ」

「そうなんですか？」

「スーちゃんと距離を縮めにくいことに不満がないわけじゃない。でも私はスーちゃんの行動を誠実だと感じたわ。志田さんと桃坂さんって、なんていうか、ちょっと限度を超えているじゃない？　これくらいの距離感は、ベストとは言えないまでもベターだと思うの」

「……白草さんがそう思うのは理解できます」

そう言って、真理愛は黒羽に流し目を送った。

「このようにいろんな考え方があり、いろんな対処方法があると思いますが、黒羽さんの提案で一番恐ろしいのは――」

真理愛がコーラフロートの上に載ったアイスクリームをスプーンですくってほおばる。

おいしいと顔に書いてあるかのような笑みを浮かべると、突如芸能界を潜り抜けてきた仕事人としての表情で言った。

「三人で振ると見せかけて、黒羽さんだけ振らず、漁夫の利を得よう……とか、考えていませんか？」

白草は眉を吊り上げた。

「そ、そんなことになったら――」

「末晴お兄ちゃんはもう黒羽さんしかいないと勘違いしてしまい、黒羽さんを選ぶなんてことも……」

「だ、ダメよ、それは⁉」

「万が一そんなことになっても、すぐに可知さんもモモさんも否定すればいいだけじゃない」

黒羽はテーブルに肘をつき、呆れた顔をした。

「まあ、そうかもしれないけれど……」

「白草さん、ダメですよ。黒羽さんに僅かでも隙を与えてはいけません。黒羽さんなら末晴お兄ちゃんが勘違いしている僅かな間に既成事実を作ろうとし、最悪そのまま愛の最終電車で終着駅まで――」

「確かに！」

白草は黒羽をにらみつけた。

「このドロボウ猫ならいかにもやりそうなことだわ」

「二人の言い草にはツッコミたいところがとてもとてもたくさんあるんだけど、とりあえず続きを聞いて欲しいから先に進めるね」

黒羽は奇妙なほど淡々としていた。

白草と真理愛は互いに視線を交わし合ったが、結局口を開くことなくそのまま黒羽の出方を待った。

「言っておくけど、さっきの手はあたしじゃなくても使えるから。そういう意味ではみんな条件は五分だし、あたしとしても抜け駆けが出るような状況は避けたいの」

「それはまあ……そうですね」

合いの手を入れて真理愛が先を促す。

「それとモモさんが言っていた、三人同時に振って、ハルがそれを真剣に信じ込んじゃうってリスク。それにはすでに対処案があるの」

「――何でしょうか？」

真理愛は鋭い眼光で黒羽を見つめた。論理的に変なところがあればすぐに突いてやろう、という相手を試す眼差しだ。

黒羽はその眼差しを正面から受け止めたうえで、ゆっくりと語った。

「だからこれは、ドッキリ」

白草が一瞬意味を摑み切れずまばたきをする。

真理愛はほう、とつぶやいた。

「なるほど。『三人同時に振る』というのを、『群青同盟のドッキリ企画』として行うということですね？」

「その通り」

黒羽は白草と真理愛の様子をうかがった。

「群青同盟の企画なら、抜け駆けはできない。それにドッキリならすぐにネタばらしをするでしょ？　もちろんハルにも言い訳しやすい。ちょうど今、群青同盟でやっているのはクリスマスパーティの協力。パーティには面白い企画だと思わない？」

白草と真理愛は双方静かに考え込んだ。

「……そうすると、甲斐くんを巻き込むわけ？」

「入れないと群青同盟の企画として成立しにくいし、あたしたち三人以外のメンバーがかかわるからこそ抜け駆けがしにくくなると思うんだけど……違う？」

「…………」

「…………」

白草と真理愛が黙り込んだのは、黒羽の提案に考える価値があったからだった。

（確かにこの企画をやれば、今の距離を置いた状態の打開策になり得る）

（でも、やはりリスクが高いのでは……？）

（どんな結末となるかわからない、劇薬のような策だ）

（何より——）

白草と真理愛は同じように思考し、同じような結論を導き出していた。

（ドッキリとはいえ、振るのは恐ろしい——）

冗談と言えるものと、冗談にならないものがある。

ドッキリという方便——だからこそ理論上はなかったことにできる。しかし白草と真理愛にとって、嘘でも『振る』という行動はためらわれることだった。

「……ダメかな？」

黒羽が回答を促す。

先に口を開いたのは白草（しろくさ）だった。

「一度はスーちゃんを振った、あなたらしい策ね」

「それ褒めてるの？」

「褒めるとかけなすとかのレベルじゃなくて、実行したことにドン引きというか……」

「モモとしては黒羽（くろは）さんのあの行動、末晴（すえはる）お兄ちゃんに告白されたっていう嫉妬を通り越して恐怖を覚えました」

「わかるわ。『とんでもない女がここにいる』と思ったものよ」

「はい、一言で言うと『うわぁ』という感じでしょうか」

「完全に同感よ」

「何が同感よ！」

黒羽（くろは）は心外だと言わんばかりに腕を組んで顔をしかめた。

「過去のことはもういいでしょ！　問題はこれからどうするかってこと！　あなたたちの回答を聞かせて！」

詰め寄る黒羽（くろは）に対し、白草（しろくさ）と真理愛（まりあ）は顔を見合わせ——頷（うなず）いた。

「お断りするわ」

「お断りします」

黒羽は深々とため息をつくと、二人が結論を変えそうにないことを見て取り、ゆっくりと立ち上がった。

「わかった。じゃあこの話はここで終わりね。でも、もしかしたら気持ちが変わるかもしれない。そうなったら言ってね」

「え、それどういうこと？」

黒羽は返答せず、帰る準備をしている。

そんな黒羽を制止するように白草は言った。

「心変わりする可能性があると見ているわけ？　あなたには何が見えているの？」

「見えているわけじゃないの。ただ、あらゆる可能性を考えているだけ。その中にあなたたちの気持ちが変わる可能性があった……おかしい？」

これが詭弁であることを白草も真理愛もわかっていた。

黒羽は口では『あらゆる可能性』と言うが、明らかに自信が見え隠れしている。ニュアンス的には『あとで吠え面をかくだろうが今のお前らには理解できないだろうから引いてやる』に近い。

だからこそ二人ともモヤモヤが胸を襲ったが、ここで喧嘩をしても意味がないことも明らかだった。

「……まあいいわ。変なこと聞いてごめんなさい」

「ううん。それじゃあね」

自分の分のお金を置いて黒羽は喫茶店を後にした。

「黒羽さんには何が見えているんでしょうね……」

「さっきのアイデアを私たちが実行したくなるような事態……？　訳がわからないわ……」

「やはり警戒すべきはポンコツな白草さんより黒羽さんのようですね……」

「あなた今、ポ、ポンコツって言った⁉」

「言ってませんよー」

「まったくあなたはいけしゃあしゃあと嘘を……っ！」

外に出た黒羽は、二人が喧嘩する姿を窓越しに見ていた。

「こうなっちゃうと、あとはハルの出方次第か……」

黒羽は反転した。その表情には迷いが見えていた。

第一章　終わりのとき、そして

＊

エンタメ部、部室。

朱音の騒動を解決した俺たちは、橙花から依頼された生徒会主催のクリスマスパーティについて本格的に話し合っていた。

「だーかーら、目玉が必要なんだよ！　いくら全校生徒から出し物を募集するって言ってもな、それとは別に人を集める目玉がいるんだ。文化祭で体育館を押さえても、話題にならなきゃ人は集まらねぇだろ？　それと同じだ」

哲彦がホワイトボードの前に立ち、いつものように語っている。

一日の授業の疲れがドッと襲ってきた俺は、あくびをした。

クリスマスパーティの話を受けるかどうかについては、期末試験終了後に行われた投票で賛成四、反対一で可決されていた。

ちなみに反対したのは哲彦である。残りのメンバーはファンクラブ絡みで橙花に迷惑をかけた自覚があったため、賛成に回ったのだった。

「今のところ応募があった出し物を見てみろ。バンドが二件、コントが一件、ダンスが一件……しかもメンバーに話題性皆無。オレなら見に行く気しねぇな」

話し合っているのは、クリスマスパーティでやる出し物についてだ。

クリスマスパーティの手伝いをすることが可決された日、『体育館の舞台での出し物を募集する』ことも合わせて決定した。

その際、哲彦はこう言った。

『イベントを盛り上げたいなら有名人でも連れてくればいい。金があれば、な。金がねぇならオレは参加型にするべきだと思う。イベントを作る側の人数を増やすことで参加率を高めるんだ。ま、基本文化祭と一緒だな。パーティの会場は体育館の予定だから、ちょうど舞台が空いてる。そこで出し物を募集したらどうだ？　クリスマスにみんなが見ている中、舞台で何かする機会があるってのは悪くねぇと思わねぇか？　カッコつけたいやつもいるだろうし、告白しようってバカだって出てくるかもしれねぇ』

この意見に皆が賛同し、告知は早めにしておいたほうがいいとなったことから、生徒会承認の上で出し物の募集をしているのだった。

「で、哲彦。お前の意見はわかったが、何かいいアイデアあるのか？」

哲彦は何事にも手厳しいが、やみくもに批判するタイプじゃない。だいたい自分なりの代案を持っているパターンがほとんどだ。なので先にアイデアを聞いておこうと思ったのだった。

「あるぜ、いいのが」

「ほう、聞かせてもらおうか」

哲彦はニヤリと笑った。

「うちの女子メンバーが出し物に参加するんだよ」

「!?」

俺は腕を組み、考え込んだ。

……なるほど、沖縄で撮影した群青同盟のＰＶ——そこで大人気だったユニットがクリスマスパーティで大復活するってことか。

あれって確か、群青同盟の動画でも、告白祭やＣＭ勝負を除けば一番の再生数だったんだよな。芸能事務所から三人のユニットでアイドルデビューしないかって話もあったほどだ。

「……哲彦、俺にもいいアイデアがあるんだが」

「ふーん、聞こうじゃねぇか」

「そのときの衣装、クリスマスにちなんで……〝ミニスカサンタ〟はどうだろうか？」

哲彦の顔色が変わった。

「っ、なるほど。クリスマスらしさがあって——」

「しかもエロい——」

哲彦は口の端を吊り上げた。

「お前にしちゃいいアイデアだ。久しぶりに一本取られたぜ」

「バカ野郎、俺はいつもいいアイデア出してるだろうが」

「はっ、たまたまいいアイデアが浮かんだからって調子に乗ってやがる」

「うるせぇよ」

俺たちは互いにニヒルな笑みを浮かべながら握手を交わした。

俺たちの友情に割って入ったのは黒羽だった。

「二人とも何いい感じでまとまってるのよっ！」

「まだあたしたちが出し物に参加するって決まってないんだけど！」

黒羽は小動物的で可愛らしいと言われる瞳を吊り上げ、クローバーの髪飾りがついた三つ編みを揺らしている。

「出し物に関してはまだしも、ミニスカサンタなるえちぃ衣装については詳細な説明が聞きたいのだけれど……ねぇ、スーちゃん？」

黒髪ロングの正統派美少女である白草があごにそっと人差し指を当ててにらみつけてくれば、迫力は相当なものだ。俺は震え上がらざるを得なかった。

「末晴お兄ちゃん……そういうのはモモと二人きりのときに言ってもらえればサービスしますのに……」

真理愛はふわふわの髪を指に巻き付け、ススッと椅子を寄せてくる。

それに気がついた白草が身を乗り出して真理愛を元の位置に引き戻した。

「あの、白草さん。何をするんですか？」

「この前のスーちゃんの話を忘れたのかしら？　節度というものを持って欲しいものだけれど」

「それは――」

二人に火がつきそうなところで、哲彦がパンッと手を叩いて強制的に意識を自分に向けさせた。

「はいはい、話が逸れてるから本題に戻るぞー」

正論を語る哲彦に対し、反論が即座に浮かばなかったのだろう。

白草と真理愛が二の足を踏んでいる隙に哲彦は続きを語り始めた。

「言っとくがこの企画、オレは伊達や酔狂で提案してるわけじゃねぇんだぜ？　お前ら三人のユニットをまた見たいって要望は山のように来てるし、実際動画の再生数もいい。もしやるなら彼女持ちの男ども以外は全員……いや、彼女がいてもこっそり見に来るやつがいるかもしれねぇな。それくらいのパワーがある」

確かに俺がもし黒羽たちとまったく関係ない男子生徒だったとしたら、絶対見に行くだろうな……。

白草は冷めた口調で言った。

「まずえちぃ衣装はなし。それが決まってからでないと話を進めたくないのだけれど……いい、スーちゃん？」

「ふぁい」

ちなみに『はい』と言いたかったのだが、白草に頰を引っ張られていた。そのせいで『ふぁい』になってしまったというわけである。

首をひねっていた真理愛が尋ねる。

「となると、もしやるとするなら歌やダンスですか？」

哲彦は頷いた。

「ああ、三人でクリスマスソングを歌ってもらいたいって思ってる。ま、クリスマスソングと言えばバラードだ。ＰＶのときと違って踊るにしても簡単なやつになるだろうよ」

「そっか、難易度はＰＶのときより低いんだ」

その観点はなかったようで、黒羽は目をしばたたかせた。

「言っておくがな、志田ちゃん。冗談じゃなく、志田ちゃんたちがやるかどうかが成功の分かれ目だぜ？　クリスマスパーティを盛り上げるっつっても、要は人を集められるかだ。で、オレたちが出せる一番いいコンテンツがこれってわけ。もし恵須川の力になりたいって思ってるなら受けて欲しいところだが？」

「う〜ん、えっちゃんの名前を出されるとなぁ」

「哲彦さんの言っていることは正論なのですが……。仕事ではなく部活の一環と考えると、客寄せパンダのように感じてしまうところがどうにも……」

真理愛は元々芸能界にいただけに、舞台に対する抵抗感はもっとも薄い。そんな真理愛が一番引っかかっているのがそこだったか。

報酬の多寡は気にしないし、目立ちたいなんて願望もない。また歓声を受けて快感を覚えるってタイプでもない。プライドを持って仕事をする真理愛としては『お前の力で客を楽しませてくれ！』ではなく、『お前の人気で人を集めてくれ！』と言われるのは不本意なのだろう。

「じゃあこうしましょう」

白草は肩口に流れる黒髪を撫でた。

「スーちゃんと甲斐くんも出し物に参加するの。これなら私たちだけが出し物をするって不公平感はなくなるわ」

真理愛は目を輝かせた。

「それはいいですね！　末晴お兄ちゃんの出し物、見たいです！」

「参加者のバランスもよくなりそうだし……うん、あたしも賛成」

「マジか……」

ちょっと予想外の展開だった。

しかし――考えてみれば悪くない。

黒羽たちにだけ出し物をやらせるのは確かに不公平だ。俺なんかは沖縄でのＰＶ撮影のときも踊りたくてうずうずしてしまっていたくらいだから、望むところだという気持ちだった。

また参加者の男女比の改善にもいい。

哲彦には悪評があるが、出し物をやるなら見てみたいって女子は数多くいるだろう。黒羽たちだけではどうしても男子のほうが多くなるだろうから、ちょうどいい案だ。

「哲彦、俺は構わねぇけど、お前は？」

「末晴と一緒にかよ……。こいつ芸能バカだから、オレ、やるとしたらマジでやらなきゃいけねぇじゃねぇか」

「あなたに出し物を一生懸命やらせることで、変な企みをさせる余裕を与えない——それもこの提案の狙いの一つに決まってるじゃない」

白草が冷たく言い捨てると、哲彦はため息をついた。

「元々オレ、この企画あんまやる気しねぇし、別に盛り上がらなくてもいいか……」

「はいはい、じゃあ投票をしましょう」

白草がバッサリ斬り捨てると、即座に真理愛が投票箱を差し出した。

「どうぞ、白草さん」

「ありがとう桃坂さん。準備がいいわね」

「いつも哲彦さんの思い通りというのは面白くないので、こういうチャンスには反撃しませんと」

「同感だわ」

白草は形の良い鼻を高くし、投票を仕切った。

その結果――

「賛成四、反対一で男女それぞれ出し物をやることで決定よ」

パラパラと拍手が鳴る。

嫌そうな顔をしていることから、反対票を入れたのは哲彦だったのは明らかだった。

「げーっ、マジかよ……」

「あっし的にはテツ先輩を舞台で見るの、久しぶりで楽しみっス」

いつものように端にいてカメラを回している玲菜が笑う。

「お前は出なくていいから気楽だろうがな……あ、いや、玲菜も出演させるか」

「いっ!?」

玲菜は撮影していたカメラを止め、棚の上に置いた。

「ちょ、テツ先輩、それはストップっス！　そもそもあっし程度があのお三方の中に入るとか、さすがに無理があるっスよ！」

そのセリフを聞き、黒羽たちはさらっと言った。

「え、そんなことないよ？」

『『程度』なんて言葉、使う必要ないわ」

「玲菜さん可愛いですし、大丈夫ですよ」

「ううっ……」

玲菜のやつ、滅茶苦茶嫌そうだな……。

たじたじになっていた玲菜だが、突如ポンッと手を叩いた。

「あ、そうだ、あっしが出演したら、撮影どうするっスか？」

「生徒会依頼の案件なんだから、生徒会のやつらにやらせりゃいいだろ」

「ふぬぅっ⁉」

哲彦にトドメを刺されて脱力している玲菜に俺は言ってやった。

「しょーがねーな、レナ。先輩として俺が歌もダンスもみっちり教えてやるぜ？」

ふふふっ、普段成績を筆頭に何かとバカにされてきたが、芸能関係なら俺の十八番！ そろそろここら辺で上下関係を見せつけてやろうじゃないか！

「うわっ、パイセン……自分の得意分野の話になったとたんにマウント取ってくるのって、嫌われやすいんで気をつけたほうがいいっスよ？」

「何で教えてやるって言ってんのに憐れんでくるんだ、オイ？」

俺がこめかみをグリグリしてやると、玲菜は『これだから教えてもらいたくないんっスよ～』と身もだえした。

まったくあいかわらず口が減らない後輩だ。

玲菜は俺の手から脱出すると、申し訳なさそうに言った。

「先輩たちのお誘いは非常にありがたいんスけど、あっしホントに舞台とか、目立つこととか苦手なんスよ。なので……」

「いいのか、本当に？」

ふと哲彦が意外な言葉を口にした。

「お前、母親のこともあって、まったく興味がないわけじゃ――」

「わーっ！　わーっ！」

慌てて玲菜が言葉を遮った。

「テツ先輩、何言うんスか！　そ、それは子供のころのことで……」

「別に今もガキだろ」

「だからその話はもういいっス！」

まくし立てる玲菜に対し、哲彦は呆れ顔になった。

「……ま、いいけどよ」

そういえば玲菜の家族の話って聞いたことないな。哲彦が知ってるのは、中学校からの付き合いだからか。

ちょっと気になるが――玲菜は本気で困っているようだ。さすがにこれ以上聞くのは空気が読めていないことになるので、またの機会にすることにした。

「で、哲彦、俺たちの出し物どうする？　あ、お前が嫌なら別々でもいいぞ？」

「……は～、まあいい。一緒にやるか。内容は……あ、ちょっと待てよ。群青チャンネルでの配信も考えて、著作権の問題がクリアできるやつがいいな……。パラダイスＳＯＳみたいに著作権をクリアできそうな曲がないか、総一郎さんに聞いてみるか」

「了解。パパには私からも確認しておくわ」

「頼む。曲を聞いてからの対応になるかもしれないが、各自やりたい方向性だけは固めておいてくれ」

　ここからは結構サクサク進んだ。

　クリスマスパーティで群青同盟に依頼されているのは、盛り上げること。黒羽、白草、真理愛のイベント出演によって依頼が達成できる見込みが立てば、あとは細かい事務仕事だけだ。

　食事や飲み物は黒羽たちのイベントに影響がないから、去年通りやってくれと生徒会に頼むこととなった。食べ物で釣って人を集めるというアイデアもあったが、黒羽たちの出演でそれは考える必要がなくなったというわけだ。

　その他、黒羽たちのイベント出演の告知案や出し物の構成案などを話し合い、早々に会議は終了した。今後出し物の練習をするようになったら忙しくなるだろうから、今日のところは早めに切り上げることとなったのだ。

「ん？　哲彦、帰らないのか？」

会議が終わり、皆で帰り支度をしていたにもかかわらず、哲彦はノートPCを広げ始めていた。

「ああ、今日の話し合いの内容を生徒会に報告して了解を取っておく必要があってな。玲菜、お前手伝ってくれ」

「え、あっしっスか？　……まあいいっスけど」

ということで、哲彦と玲菜を残し、俺、黒羽、白草、真理愛の四人で部室を出た。

白草が自転車を取ってきて、駅まで四人で向かう。

「末晴お兄ちゃん♡」

さりげなく――ではなく、むしろ露骨と言っていい感じで真理愛は俺の腕に手を回してきた。

「お兄ちゃんはどんな方向性の出し物をやりたいですか？」

「おい、モモ……」

俺は困ってしまった。

さっきの会議の様子を見て怪しいと思っていたが、やはりそうだ。『距離を置く』と三人に告げたのに、真理愛はまったく聞く耳を持たなかったらしい。

「え～、何かダメでしたか？」

何という策士だろうか。

悪辣にも真理愛は俺の肘に胸を当ててきた。

「桃坂さん！　この前のスーちゃんの話、ちゃんと聞いていたのかしら？」

ありがたい。白草が突っ込んでくれた。

「ああ、末晴お兄ちゃんの『距離を取る宣言』ですか」

真理愛は何でもないことのようにつぶやいた。

「あれは『末晴お兄ちゃんが距離を取る』という意味ですよね？　別にそれに関しては何の異論もありません。ただモモはくっつきたいので、末晴お兄ちゃんが距離を離した分だけ距離を詰めようかな、と。何か問題ありますか？」

「なっ――」

白草は絶句した。

「そ、それじゃスーちゃんが距離を取った意味がないじゃない！」

「いえ、モモがより積極的になるという意味はありますが？」

「そういうことじゃなくて！」

「いいじゃないですか。ねー、末晴お兄ちゃん？」

真理愛が控えめながらも甘美な感触を俺の肘に押し付けてくる。

そのせいで俺の心は強烈に揺さぶられたが、黒羽と白草の冷めた視線が俺の理性を強固にした。

（モモの好意は素直に嬉しいけれど——俺が意を決して言った言葉を尊重してくれなかったのは寂しいな……）

俺は表情を引き締めると、そっと真理愛を遠ざけた。

「モモ、頼むから節度ある行動をしてくれ。俺、お前に冷たくしたいわけじゃないんだ。これ以上同じようなことをされると、さすがに俺も怒らざるを得なくなる」

「うっ……」

真理愛は鼻白んだ。

ここまで言えばさすがに無視はできないようだ。

「私はスーちゃんの行動、正しいと思うわ」

白草は少し早歩きになり、俺の横に並んだ。

いくら堤防沿いの道とは言え、自転車を押していれば幅を取る。そのせいで完全に真理愛が押し出された形になった。

「私も以前からもう少し節度を持つべきだと思っていたの。最近の私たちは周囲を騒がせすぎていたわ。注目を浴びることは悪いことばかりではないけれど、私は正直苦手ね」

そうだよな。白草の性格を考えれば当然そう思うだろう。

「学生の本分は、勉強をすること。だから少なくとも学校では節度を保って勉学に励むべきよ。違うかしら、桃坂さん？」

「まあ建前上はそうですね。全国の学生の何割が達成できているかは知りませんが」

真理愛は口を尖らせ皮肉を言う。

うーん、真理愛は俺が距離を取ったこと、しょうがないとは思っているものの、心から納得しているわけではなさそうだな……。

「ともかく！　私にとってスーちゃんは大切な恩人であり、友人。今回のスーちゃんの提案には大賛成で、より良い関係を築いていきたいわ」

言葉の端々に白草からの強い好意が溢れている。

「シロ……ありがとな」

俺は礼を言った。俺の意向に賛同してくれたことが嬉しかった。

「ううん、当然のことよ」

ただ――ちょっと寂しい部分がないわけでもない。

なぜなら白草は俺のことを『大切な恩人であり、友人』と言った。

白草が俺のことを特別扱いしてくれていることは十分にわかっている。でもやはり根本のところには『恩人』という意識が強くあるのだろう。

俺は白草に恋愛感情を持っている。それどころか、初恋の人だ。

しかし白草が俺のことをどう思っているのか、はっきりとはわからない。恋愛的好意も持ってくれていると思うのだが……今のように『恩人』の意識はあるだろうし、黒羽や真理愛へのライバル心も強く持っているのは間違いない。その点、黒羽がはっきり告白してくれているとや、真理愛が告白までいかないまでも好意を包み隠さずぶつけてくれるのとは違っている。

（シロは思っていたよりも俺を恋愛対象として見ていないのかもしれない……）

俺の意向を尊重してくれた白草の対応はありがたくもありつつ、ちょっと寂しさを覚えた。

「志田さんも節度を保つ方向でいいわよね？」

白草が少し前を歩いていた黒羽に声をかける。

「うん、それでいいよ」

「……………」

実は会議中から気になっていたのだが、黒羽の様子がおかしい。

最低限しか会話に入ってこず、感情なく事務的に返してくる感じだ。

「あのさ、クロ」

「何？」

「どこかぎこちなくないか？」

愛想は悪くないのだが、他人行儀というか、一歩引いているというか……。

とにかく今まではツーと言えばカーだったのに、一言ごとにつまずいてしまう。

「うーん、そうかも。特別そうしているつもりはないんだけど……」

「志田さん、どんな意図があるのかしら？」

白草が尋ねた。俺としては渡りに船の質問だ。

なので俺はじっと耳を澄ませた。

「意図？　そんなのないけど？」

「だってあなたがスーちゃんにそんなに冷たいって、ありえないじゃない？」

「ハルが距離を置きたいって言ったから、距離を置いているつもりなんだけど？」

「…………」

「…………」

「…………」

俺たちは黙り込んでしまった。

黒羽が俺と距離を置こうとしているのは俺から提案したことだし、問題はない。

だがこのぎこちなさは想定外だった。

「クロ、怒ってるのか？」

俺は率直に聞いてみることにした。

「ああ、うん、そうじゃなくて、あたしとハルって幼なじみでいつも一緒にいたでしょ？」

「まあな」

「だから、『距離を置く』ってどんな感じかイマイチつかめなくて……。ハルにはわかる？」

「確かにそう言われると……」

それこそ物心ついたころから家族同然の存在だった。今更距離を置いて、とか言っても逆にやりづらい。

「これでもね、あたしなりにハルの言葉を真剣に考えているんだよ。でも、まだ自分の中で消化し切れないところがあって……」

確かに黒羽から怒りは感じられない。

「だから別に他意はないの。もし心配させたならごめんね」

どうやら俺の『距離を置きたい宣言』は、三人別々の受け取られ方をしたようだ。

真理愛は――半ば無視し、変わらず積極的にアプローチをしてきた。

白草は――賛同し、俺との距離を大切な恩人、友人レベルに保とうとした。

そして黒羽は――まだ結論が出ていないようだった。

これを俺はどう受け止めたらいいのだろうか。

「あ、あたしはここで。ちょっと寄りたいところあるから」

そう言って黒羽は石階段へ足を向けた。

「ちょうどよかった、クロ。少し話があるんだ。俺も一緒に行っていいか？」

「……いいけど」

「よかった」

俺は振り返った。

「シロ、モモ、そういうことだから悪い。俺たちはここで」

白草と真理愛は状況がつかめないのか、ポカンとしている。

そんな二人を置いて、俺と黒羽は堤防から降りた。

＊

俺と黒羽が並んで歩く。

別に珍しくないことだ。しかし会話がまったく弾まないのは、本当に珍しいことだった。

「あのさ、クロ。どこに寄るんだ？」

「いつもの小物の店」

「ああ、お前、綺麗な石とか好きだもんな」

「うん」

「…………」

「…………」

黒羽は口を利いてくれないわけじゃない。冷たくあしらわれているわけでもない。

でも――致命的に盛り上がらない。

今まで俺たちの会話は、黒羽が気を使ってくれていたから楽しかったのだろうか？

さすがにそこまでのことはないと思うが――

（クロがノッてこない会話がこれほど辛いとは……）

俺は普段から黒羽に甘えすぎていたのかもしれない。

好意を向けられて、世話をしてくれて、当たり前だと思っていた部分はないだろうか？

だとしたら俺はなんて恩知らずなんだ。

「ハルさ、何かあたしに言いたいことがあって追いかけてきたんじゃないの？」

「あっ、そうだ！」

すぐに言おうと思ったが、うまく口から出てこなくて。

だから俺は地面に落ちていた石ころを蹴って勢いをつけた。

「距離を置くって話をしたからさ、あれについても考えなきゃって思ったんだ」

「あれって？」

「〝おさかの〟」

「…………」

黒羽は反応を示さなかった。そのおかげで感情が読み取れない。

俺は恐る恐る口を開いた。

「あ、あのさ――今週の土曜、デートしないか？」

「へ？」

よっぽど意外だったのか、黒羽は目をパチクリさせた。

「俺さ、思ったんだ。〝おさかの〟なんて特別な関係になっていたのに、クロと特別なこと何一つできてないなって……」

俺は今まで〝おさかの〟を提案してくれた黒羽に対し、ずっと受け身だった。

お互いのことを知るため、デートだっていつでもできるようになったはずなのに、何かと騒動があって幼なじみの関係のままほとんど変わらずにいた。

俺は黒羽が〝おさかの〟を提案してくれて嬉しかった。一生懸命考え、互いの心地よい関係を作ってくれて感謝していた。

でも、その慣れない関係に戸惑っているうちに——〝おさかの〟を『整理』しなければならなくなってしまった。

デートの一つもせずに整理するには心苦しい、あまりに嬉しい関係だった。

この場で適当に言い捨てて整理するには忍びない、あまりに心地のいい関係だった。

「だから——」

このデートは一種の儀式だ。

俺と黒羽の、新たな関係を築くための、けじめであり区切りでもあった。

俺の決意を知ってか知らないでか、黒羽はくすりと笑った。

「いいの？　みんなと距離を置く、なんて言ったそばからデートなんかして？」

今日、初めて見せてくれた心からの笑顔だった。

それだけで俺の心は明るくなり、口が滑らかになった。

「あ、ああ、これだけは例外ってことで」

「さっそく例外なんて作っていいわけ？」

「そうなんだけどさ……」

「あたしはあたしでハルの言葉を真剣に受け止めて、しっかり距離を取ろうとしていたんだけど？」

「そう責めないでくれよ。どうだ、ダメか？」

「もーっ、あいかわらずハルは話が突然なんだから」

よかった、『もーっ』が出てくれた。

黒羽（くろは）が『もーっ』と言うとき、意味的に『しょうがないなぁ』というニュアンスが込められている。なので否定的に聞こえても、実際は受け入れてくれているのだ。

「いいよ、予定空けておく。デートまで距離を取るのは……まあ、様子見の現状維持という感じにしよっか」

「悪いな。どこに行くかとかは俺に任せてくれよ」

「ハルがコーディネートできるの？」

「できるって。任せろ！」

俺が胸を叩くと、黒羽は微笑んだ。

「うん、じゃあ任せる」

朱音が時折見せる、予言者のような瞳――今の黒羽の瞳は、それと同じくらい深く澄んでいた。

何もかも見透かしているかのごとき眼差しに、弱虫な俺は思わずたじろいでしまう。

でも、もう決めたのだから。

あとは進むしかなかった。

＊

土曜日になった。凍てつくほど冷たく、しかしどこまでも真っ青な空が綺麗な日だった。

俺が約束の三十分前から待ち合わせの銅像の前で待っていると、黒羽は二十分前に姿を現した。

「え、ハルがあたしより先に待ってるなんて……」

「まあ、たまにはな」

「ハル、大丈夫？　熱があるんじゃない？」

「ひでぇな！　どんだけ俺、時間にルーズだと思われてるんだよ！」

「だってあたしが迎えに行かなかったら危なかったこと、何度もあるじゃない」

クスリと笑う。

過去のことを掘り返されてはぐうの音も出ない俺だったが、ふと黒羽の可愛らしい仕草に目を奪われた。

何だろうか。端々からいつもと違う雰囲気が感じられる。

「……気合い、入れてくれたんだな」

「あ、わかった？」

「そりゃまあ、いつもと服の傾向とかアクセサリーとか違うし」

こんなに寒いのにスカートだ。もちろん黒タイツで防寒をしているけれど、黒タイツというと白草のイメージのほうが強いから、新鮮でパンチ力がある。

白草のモデル体形とは違うが、黒羽だって十分以上にスタイルがいい。手足の細さや頭から肩にかけての小ささはいかにも女の子らしく、抱きしめたらすっぽりと手の中に納まりそうな華奢さが胸の奥底をくすぐってくる。

ほんのり化粧をしているのか、唇が普段より少しだけ薄紅色に艶めいていた。また甘い花の匂いが鼻先をかすめる程度に香っている。

「今日のハル、ポイント高いね。会ってすぐ女の子のファッションに気がつくなんて」

「そ、そうか？」

「待ち合わせ場所を家の前にしなかったのも新鮮でよし」

俺と黒羽は隣同士。今までお出かけするときは、家を出て一分未満で相手の家のインターホンを鳴らして集合完了だった。

だがそれはさすがに味気ない。

というわけで駅前にある銅像前で待ち合わせをしたのだった。

「よかった、喜んでくれたなら」

「出来過ぎてない？　なんだか怪しいなぁ」

「まあ哲彦にアドバイスをもらったから……」

要点としては、

『新鮮さと特別感が大事なんだよ』

ということらしい。あいつは何股もかけるカス野郎だが、経験値だけは無駄に高い。さすがの説得力のため、実行したというわけだった。

「ま、あたしを喜ばせようとしてくれた努力は嬉しいかな」

黒羽が笑顔を見せる。

この前の不自然な距離感――あれは幼なじみでもなく、友達でもなく、おそらくはクラスメートレベルの距離感だった。もし今日も同じだったらどう話を盛り上げていいのか困るなと考えていただけに、俺は大きな安堵を覚えた。

「それで、今日はどうするの？　任せてくれって話だったけど」

「よくぞ聞いてくれた！　まずは王道だけど、映画だ！　クロの好みはデズニーだろ？　今から行けばちょうどいいぜ」

「ふむふむ、なるほど。それはなかなかの選択ね。行ってあげようじゃないの」

「はは～、ありがとうございます、お嬢様～」

などとおどけ合いながら互いに顔を見合わせ、笑ってしまった。

こうして俺たちは映画館に向かった。

映画を見終わった後はランチ。もちろん黒羽の舌に対応できる、様々な調味料が置かれた中華料理のチェーン店だ。

午後からは大きな公園へ行ってみたり、疲れたら喫茶店で休んだり、ウインドウショッピングをしたり。

俺たちは幼なじみだ。家族ぐるみの付き合いだったから一緒に買い物なんて別に珍しくはなかった。

でも今日は違う。

恋人との初デート――そんな感じで予定を組み立てた。

その甲斐があったのだろうか。

「ハルと二人でこんな風に過ごすなんて、凄く新鮮だね」

なんてことを黒羽は何度も言ってくれた。

なんだか夢のような時間だった。

でも、夢には終わりがある。夢は儚くもあっけなく終わる。

空はくすんだオレンジから青と黒で塗りつぶしたような色に変わっていた。

夜が来たのだ。そのときが迫ろうとしていた。

駅前の広場には、巨大なクリスマスツリーが設置されていた。可愛らしいオーナメントがツリーを彩り、見る者を楽しませている。そんなツリーが今は色とりどりの明かりに照らされ、幻想的な光景を作り上げていた。

「綺麗……」

夜を華やかにするツリーに、黒羽も感動したようだった。

そうして見上げていると、ふいに空から落ちてきたものに気がついた。

「あっ……」

「雪だな……」

道理で寒いと思った。

天気は良かったが、朝から寒さが尋常じゃなかった。夕方から風も強くなり、雲が出てきたな……と思っていたら、この様だった。

「――クロ、話があるんだ」

俺は切り出した。

決意していたはずだった。なのに言った瞬間、血が凍るような寒気を覚えた。

黒羽は目を泳がせていたが、やがて顔を上げた。

「……うん、きっとそうだと思ってた」

「あいかわらずクロは何でもお見通しだな」

「それはハルがわかりやす過ぎるだけ」

黒羽が苦笑いをする。

しかし頬は引きつり、手が小刻みに震えていた。

そんな手を黒羽はゆっくりとさすった。

「でも聞きたくないな。凄く……凄く楽しかったから」

悲しそうな瞳をしていた。

胸が苦しくなり、心がかき乱される。急に酸素が薄くなったみたいだ。

「ねぇ、もう少し後にしない？　そうだ、ゆっくり夜ご飯を食べてからでも——」

「ダメだ。俺の決心が、くじけちゃいそうだから」

「いや、聞きたくない」

そう言って黒羽は背を向けた。

「今日はデートなんだよ？　デートの日は、甘い言葉以外禁止なの」

「お願いだ。聞いてくれ、クロ」

黒羽は肩をピクリと震わせると、そのまま動かなくなった。

言い返しもせず、逃げもしない。じっとこらえているようだ。

黒羽もわかっているんだ。俺が何を言うかが。

先延ばしにしても変わらない。

それがわかっているから、逃げないけれど――聞きたくない。

その気持ちが俺には痛いほどわかった。

俺も、似たような気持ちだったから。


「もう――終わりにしよう」


一気に告げた。

しかし息をするのもやっとで、その後がすぐに続かなかった。

「……何を？」

黒羽に意味が通じていないはずがない。

でもきっと俺の口から言って欲しかったのだと理解した。

「〝おさかの〟は、終わりにしよう」

動悸が激しかった。奥歯がカチカチと鳴っていた。

張り裂けそうなほど胸が痛い。

黒羽を傷つけている。それを実感しているだけに、鼓動一つ一つが身を切るような痛みを伴っていた。

「……一応理由を聞かせて」

「俺はこの前、クロたちに距離を置きたいって言っただろ？」

黒羽は無言で頷いた。

「三人と距離を取って、冷静になって、ちゃんと考えなきゃって思った。でもさ、シロとモモはともかく、クロとの間には〝おさかの〟がある。〝おさかの〟をそのままにして、距離を取るって何だろう？　って思ったんだ」

「別にそれも結論を出すまで、いったん停止みたいな感じでいいんじゃない？」

「けじめっていうかさ。宙ぶらりんのままじゃ失礼だろ？」

「あたしは失礼とは思ってないけど？」

「距離を取るって決めたんだ。それなら全員平等にフラットにしないと、不誠実な気がして。だから区切りをつけようと思ったんだ」

黒羽は視線を落とすと、足元に落ちていた小石を蹴った。

「やっぱり、そんな気がしてたんだよね。ハルって、妙なところにこだわるというか、普段は

いい加減なのに変にきちんとしているっていうか」

「かもしれない。でもこれ、俺は一生懸命考えたんだ。もちろんクロが嫌いとか、ダメなところがあったとかじゃない。むしろダメなのは俺で、だからこそ誘惑に負けないような状態にしておいて、ゆっくり真剣に考えなきゃって思ったんだ」

「……もし、それであたしがハルに愛想をつかしたら？」

わかってる。黒羽が告白までして繋いでくれた〝おさかの〟という特別な関係。これを切るというのは、特別じゃなくなるってことだ。〝おさかの〟は準恋人とも言える関係だったから、これは感じ方によっては『俺が黒羽を振っている』と見られてもしょうがない。

もちろん俺に黒羽を振るつもりなんてなく、今後の関係を真剣に考えているからこその決断だ。

でもそのことで俺への好意が冷めてしまっても――甘んじて受けなければならないと思った。だってそれは黒羽が悪いんじゃない。白草や真理愛にも心を惹かれ、迷っていた俺が悪いんだ。

「――悲しい」

俺は正直な気持ちを口にした。

そりゃ黒羽に愛想をつかされたら、悲しくて悲しくて、きっと何日も泣いてしまうくらい苦しいに決まっている。

でも、そういう話なのだからしょうがない。

俺が迷うことができているのは、女の子たちの好意に甘えているからだ。

――みんなが俺の回答を求めずに待っていてくれるから、今の関係が保たれているんだ。

黒羽、白草、真理愛の三人が俺に恋愛感情を抱いていると仮定しよう。

恋愛は惚れられたほうが優位に立つと言うが、それなら俺は優位に立っていない。

だって俺はみんなに心を惹かれている。惹かれているがゆえに、迷って立ち竦んでしまっている。俺が選べないと我がままを言っている以上、彼女たちだっていつでも『もういい』と言う資格がある。

そうなったとき、俺は言い返せない。選べず放っておいた俺が悪いのだ。

「でも、しょうがないと思ってる」

三人に好意だけもらっておいてそのまま、というのはやはり俺だけに都合がいい。

黒羽なんて俺に告白までしてくれている。リスクを負って気持ちを明らかにしてくれているのだ。

なのに俺がリスクを負わないのはありえない。

「俺とクロはさ、対等だろ？　俺が考えに考えた末、クロを振ってしまうかもしれない。でもクロだって俺の情けなさを見て、振ってしまうかもしれない。俺はクロとの関係が壊れてしまうのが怖い。けれど、対等だからこそ、ちゃんとしなきゃって思うんだ」

「対等……」

黒羽は何が引っかかったのか、口の中でつぶやいた。

「うん、そうだね……あたしとハルは、対等」

俺には二つの選択肢があった。

○その一　俺自身の決断がつくまで、そのままダラダラと関係を続けること。
↓ついつい色香に惑わされ、その場その場で揺らいでしまい、決断が延びる可能性高し。

↓またデレデレした姿をさらすことで、全員から愛想をつかされる可能性も。

○その二　いったん三人と平等に距離を取り、節度を保つこと。
↓距離を取ることで色香から遠ざかり、冷静な判断が可能になる。

↓その分いい思いをできなくなるが……愛想をつかされるよりは……。

↓〝おさかの〟をやめることで、黒羽が振られたと勘違いする可能性あり。


俺は『その二』を選んだ。そっちのほうが『誠実』だと感じた。

結局俺の心にあるのは――

――三人に愛想をつかされたくない。

そんな気持ちだった。

今後どんな関係になるかわからない。でも三人とも好きだから、愛想をつかされたくないから、どれだけ辛くても誠実だと思うほうを突き進むしかなかった。

黒羽は深々とため息をつくと、反転して俺に向き直った。

「……わかった。じゃあ〝おさかの〟は、今ここで終わり」

「うん。ごめんな、せっかく俺のことを考えて提案してくれたのに、あんまり二人きりで遊びに行ったりできなくて」

「ホントだよ！　初デートで関係終了の話ってありえなくない？」

「いやぁ……それはまったくもって、申し訳ない……」

「今更謝られても……」

「クロはどうだったんだ？」

「ん？」

「〝おさかの〟をやってみて」

黒羽はあごに人差し指を当て、悩んだ。

「正確には恋人じゃなかったけど、恋人気分だったたっていうか。特にみんなに関係を秘密にしてたでしょ？　あたしたち昔からの付き合いだったから、そんな秘密の関係なんてなかったし。だから……なんだか凄くドキドキした」

「ああ、そうだな……」

俺たちは互いに恋人がいたことがないから、この関係を持て余していたのかもしれない。

こっそり人がいないところでくっついたり、手を繋いだり。そんなアタックをされるだけでドキドキが止まらなかった。

俺が調子に乗ったり、真理愛や朱音のトラブルがあって甘い感じになりにくかったりしたが、幼なじみを超えて、恋人への道を進んでいるという確かな緊張感があった。

そんな心地の良い関係を、俺は自ら断とうとしている。

まったくバカだと思う。

でも白草や真理愛のことも考えるなら、ここは関係をリセットするしかない。

どれほど辛くても。

「楽しかったよ、とても……。まるで夢みたいだった……」

なぜだか泣けてきた。

「ハルのバカ。泣くくらいならやめようなんて言うな」

「わかってるさ、俺が泣く資格ないことなんて。でも――」

なぜだか涙が止まらない。

黒羽もまた目に涙を溜めていた。

でも泣きはせず、ぐっと口を一文字にしてこらえると――ポンッと胸の前で手を叩いた。

「――はい、じゃあこれで〝おさかの〟は終了」

「クロ……」

「また〝おさかの〟を再開するか、それとも恋人関係になるか、それはまた後のお話。とりあえず明日からは『距離を置いた幼なじみ同士』……いい？」

「……わかった」

俺は涙を拭い、頷いた。

黒羽がはっきりとケジメをつけてくれた。それなら俺もまた、未練を残してはいけない。

自分で決めたことなのだから、ちゃんと前に進まなければならなかった。

「帰るか、クロ」

「〝おさかの〟が終わったんだから、別々に帰ろ。ズルズル引きずりたくないし」

「……そうだな」

「先に電車に乗りなよ。あたしはもうちょっとこの辺を見て回るから」

「……わかった」

こうして俺と黒羽の〝おさかの〟関係は初デートで終わりを告げた。

でもこれは始まりに過ぎない。新たな関係を始めるための、必要な儀式なのだ。

雪がちらついている。

凍えるような寒さの中、泣くことが許されない俺は、ただひたすらに拳を握り、帰途についた。

黒羽を悲しませた自分自身を、俺は許せなかった。

＊

あたしは別の店に寄ったフリをしながら、こっそりハルの後をつけていた。そしてハルの背中が駅の改札口の向こう側に消えたのを見送り、ため息をついた。

「やっぱりこういう話だったか……」

あたしは踵を返し、先ほどハルと話していたクリスマスツリーの前に戻った。

「ハルはああ見えて根がちゃんとしてるからなぁ……」

正直なところハルは、あたしたちと距離を取る必要なんてないのだ。

ハルに迫っているのは、あたしたちがハルを好きで、愛されたいからやっていること。そのせいでハルがデレデレしているかもしれないが、それが許せないというのであれば、とっくにみんなハルから離れているだろう。

むしろ可知さんも桃坂さんも、ハルのデレデレしてしまう性質を利用して自分の都合のいいように振り回し、利益を得ようとしていると言っていい。それはもちろんあたしもだ。どちらが誠実かは人それぞれの判断だと思うが、あたし個人としては綱引きの引っ張り合いにいいも悪いもないと思っている。

でもハルはそう考えていない。あたしたちと真剣に向き合おうとしている。

そんなハルの考え方が、あたしは嫌いじゃない。誠実に向き合おうとしてくれるのは嬉しいから。

ただ同時に、もう少し自分に都合よく、そして柔軟であって欲しいなとも思う。

「覚悟はしてたけど、あんなに悲しそうにされたら、あたしも苦しくなっちゃうじゃない……」

先ほどは我慢できた涙が——頬をつたう。ハルがいなくなったことで、気が抜けてしまったのかもしれなかった。

「あたしのやり方、間違ってたのかな……？」

距離を縮めるために知恵を振り絞り、〝おさかの〟を提案した。

いい関係だった、という自負はある。でもハルを攻略するには何かが足りなかった。

――タイミング？

それはあるかもしれない。

桃坂(ももさか)さんの件があったりして、アタックし切れないことが多かった。もし桃坂(ももさか)さんの一件で彼女面(かのじょづら)して〝おさかの〟を名目にアピールを繰り返していたら、確実にあたしは振られていただろう。

つまりライバルが強力で、しかも関係を築くタイミングが悪かったから解消することになってしまったってことだ。

ただそれだけが原因かと言えば確信が持てない。

――積極性？

それもあるかもしれない。しかしこれにも疑問は残る。

そう、ハルはギリギリのところで逃げてしまう癖がある。たまには据え膳を食べてみればと思うこともあるが、良心の呵責(かしゃく)に耐えられないのだろう。まあ可知(かち)さんや桃坂(ももさか)さんのアタックに対してもギリギリのところで自重してくれているので、非難し切れない部分だ。

「……ハルのヘタレ」

このことを考慮すると、積極性の不足で落とせなかったとは判断し切れない。

ならばあたしに足りなかったものは何か。

努力？　覚悟？　発想？　魅力？　運？

わからない。

けれど、これは今、考えなきゃいけない。

この〝おさかの〟を解消した痛み。これを感じているうちに次の方向性を見つける必要がある。

なぜならこの痛みこそ、余計なプライドを捨てるいいチャンスだからだ。

まだ間に合う。まだ五分にされただけ。

今ぼんやりとしていたら、本当に負ける。

現状を打破するヒントは先ほど見つけていた。


――対等。


そう、あたしとハルは対等のはずだった。

でもよく考えてみたら違う。

あたしはハルに比べてまだ卑怯な状態にある。

もしかしたらそんなところがハルの心の奥底でわだかまりとなり、最後の一線を越えさせない結果となっていたのかもしれない。

ならばやろう。後で後悔しても遅い。今、全力を尽くすのだ。

そのために必要なことは何だろうか？

やみくもに努力しても意味がない。ちゃんと結果が出るような手段を考え、適切な努力をしなければダメだろう。

「あたしは、負けない――」

あたしは唇を噛みしめ、クリスマスツリーを見上げた。

「――絶対に」

ツリーには雪が積もり始めていた。

凍てついた風が肌を刺し、頬に切るような痛みが走る。

しかしあたしはまったく寒さを感じなかった。

第二章　クリスマスに向けて

＊

俺たち群青同盟の面々は、クリスマスパーティに向けて着々と準備を進めていた。と言っても、俺たちがメインでやっているのは、パーティを盛り上げるための出し物の練習だ。

もちろん出し物のプログラム作りや飲食物の手配など、やらなければならない事務仕事はいろいろあるが、それは主に生徒会の仕事。なのでそっちの仕事にかかわっているのは、哲彦とその補佐をしている玲菜くらいなものだ。

そのため部活は毎日部室で進捗状況の確認などの簡単な打ち合わせをして、すぐに解散となっていた。その後は男子チームと女子チームに分かれて出し物の練習を行っている。

「おい、哲彦。堤防行こうぜ」

ノートPCに向かっている哲彦に声をかける。

今日の打ち合わせは先ほど終わっていた。

昨日、生徒会から『クリスマスパーティ当日に手伝ってくれる人を集めるいいアイデアはないか』という相談があったのだが、今日になって『ヤダ同盟、絶滅会、お兄ちゃんズギルドを派遣する』ということで決着がついたそうだ。その報告だけで終わったので、僅か十五分で打ち合わせは終了したのだった。

なお、あの三つのファンクラブは今では群青同盟の下部組織として機能しており、マンパワーが必要な際に何かと動員されている。

「ちょっと待て。生徒会が出してきたシナリオがクソすぎてな……」

「シナリオ……？」

「オレ、マリンに司会を押し付けられたってこの前言っただろ？」

「あー、そういや言ってたな」

そういえば『くそっ、何でオレが司会なんてやらなきゃなんねーんだよ……』って愚痴ってたことがあったっけ。

ただそれ以上に気になる単語があった。

「ってか、マリンって誰だ？」

「……ああ、お前あいつのこと知らねぇんだっけ」

「誰だよ」

「生徒会長」

生徒会からの連絡事項は橙花から伝えられるので、俺はまだ生徒会長と面識がない。

「え、生徒会長って、そんな名前だったっけ？　生徒会選挙のときに名前を見たはずだが、違ったような……」

「まあ、あいつに会えばわかる」

苦々しそうな口ぶりからは何やら因縁めいたものが感じられる。

果たして踏み込んで聞いていいものか迷っていたところ――

「やっほ～」

突然部室に一人の女の子が入ってきた。

うちの学校は進学校だ。突飛な髪型や髪色の生徒はまずいない。

しかし彼女は明らかに髪の色を抜いている。しかも白のメッシュ入り。長さはセミロングで、サイドポニーにしているところが可愛らしくて魅力的だ。

何よりも目立つのはバッチリと決めたメイクで、制服をゆったりと着こなしているその姿は見る者に一つの単語を思い起こさせる。

――ギャル、と。

「あ、はるちんだ～。初めまして～」

ギャルが手を振ってくる。

しかし――

「はるちん……？」

俺は意味がわからず、背後を見た。

狭い部室の背後には窓があるだけで、当然誰もいない。

「丸末晴くん、君のこと☆」

「俺かよ!?」

この馴れ馴れしさは……なるほど！　ギャルだ！

ただまあ、ここまでくればこの子が誰かはわかっている。名前は思い出せないが、役職は知っている。

「え、えーと、生徒会長の……」

「飯山鈴。マリンって呼んで」

「ん？　マリン……？」

「飯山の『ま』と名前の『りん』を合わせて『マリン』」

「あ、あ～」

マリンって名前なら印象的だから覚えているはずだと思ったが、そんな仕掛けがあったのか。

「え、何でマリンって名乗ってるんだ？」

俺が尋ねてみると、マリンは途中にいた黒羽、白草、真理愛にニコニコ手を振りながら近づいてきた。

「うち、名前を漢字で書くと『鈴』なんだけど、漢字だと『すず』って読まれるし、かといって『りん』って名前は結構いるし。でも『マリン』なら個性あって覚えやすいな～って思って。特別な感じするし」

　それでいいのか……みたいな気もするが、同じ二年生だし、本人がそう呼んで欲しいならいいだろう。

「えーと、じゃあ……マリン。どうしてここに？」

「はるちんを口説きに来たって言ったらどうする？」

　部室がざわつく。

　白草と真理愛はマリンをにらみ、哲彦はジト目だ。

　ただし黒羽は冷めていた。他人事のような顔をしている。

　一方玲菜は興味津々な感じだが、『ほほぉ～』とつぶやいているあたり、完全に観客目線で楽しんでいる雰囲気だ。お前はあとでお仕置きな。

　マリン自身はいかにも挑発的な笑みを浮かべている。ギャル特有の蠱惑的な雰囲気があり、肉感豊かな全身からフェロモンが発せられているようだった。

「あ、いや、そんなこと言われても……」

「あはは、はるちんファンクラブがあったくらいなんでしょ？　なのに照れちゃってか～わいい。ちょっと遊ぶだけだからいいじゃんさ～」

　そう言って胸元を寄せて顔を近づけてきた。

さすがに限界だと思って逃げようとしたところ——

「——愚か者！」

凜とした声が部室に反響する。

こんなセリフを言う女子高校生などそうはいない。

「リン、末晴をからかうのはいい加減にしろ」

「あ、とーか。まあいいじゃん」

軽く流して、マリンはまた色気たっぷりな微笑みを俺に向けた。

「リン……っ！」

入り口に立っていた橙花は怒りの形相で歩み寄ってきて、俺との間に割って入った。

「もー、とーかはあいかわらずお堅いんだからー。はいはい、はるちんから離れればいいんでしょ」

まったく悪びれた素振りを見せず、マリンが距離を取る。

橙花はやれやれとばかりにため息をついた。

「悪かったな、末晴。リンにはウブな男子をからかう癖があるんだ」

「どうやらそうみたいだな」

「えー、別に一晩くらい遊んでもいいのにー」

横から哲彦が口を挟んできた。

「言っとくがな、末晴(すえはる)。こいつの口車に乗せられるなよ。男のことおもちゃにしか思ってねぇからな」

「えっ……」

マリンは人差し指をあごに当て、ふふっと笑った。

「やーね。おもちゃだなんて思ってないよー。うちは男女関係のこと、ゲームと思ってるだけ。てっちんともまたゲームしたいな☆」

「するわけねぇだろ、このクソアマが」

あー、この二人、同族だったか……。

女遊びのひどい哲彦(てつひこ)。そしておそらくマリンもまた男遊びがひどい。しかもこれまで見た限り、おそらくお互いかなり自分本位だ。

当然二人がかち合うときがあって、因縁ができたのだろう。

こりゃ二人の間に妙な緊張感があるのは当然だ。

橙花(とうか)が話の流れを断った。

「リン、話がまどろっこしいのがお前の悪い癖だ。本題に入れ」

「はーい」

ペロッと舌を出すと、マリンは部屋の隅に移動し、俺たちに向けて頭を下げた。

「今回は生徒会の依頼を受けていただき、ありがとうございました。一度ご挨拶をしなければと思いつつ、忙しさにかまけて後回しにしていました。今後ともよろしくお願いします」

「「「「!?」」」」

先ほどのギャルっぽい口調じゃない。まるで旅館の女将のような仕草と口ぶりだった。あまりに意外なしっかりとした物言いに、俺たちは思わず固まってしまった。

驚いていないのは哲彦だけだ。こいつだけは彼女にこういう一面があることを知っていたのだろう。

横にいた橙花が腕を組み言う。

「本当はもっと早く挨拶させるつもりだったんだがな。リンが忙しくて」

「ん？　忙しいって言っても、生徒会のこの時期の仕事ってクリスマスパーティの準備だけだろ？」

挨拶に来られないほど忙しいというのはおかしい。

「リンは生徒会選挙で公約にした、装飾品規制の緩和を独自に進めていてな。だからクリスマスパーティのほうは私が担当していたわけだ」

「なるほど」

そういえばそんなこと言ってたな。

穂積野高校では校則で装飾品の使用をある程度制限している。特別厳しい規制ではなく、まあ一般的な高校レベルのものだ。

俺は不自由に思ったことはないが、ギャルからすれば相当に制限がかかっていると感じるのだろう。マリンは生徒会選挙で校則の改正を掲げ、装飾品規制の緩和を実現すると訴え——結果当選した。

ただ当然、内容が内容だ。先生たちも簡単に許すわけにはいかないだろう。

ということでどこまでできるのやら……そもそもギャルな見た目のマリンが公約をしっかり果たそうとするのだろうか……みたいなことを生徒会長が決まったときに思っていたのだが、思いのほかちゃんとやっているようだ。

そんなことを考えていると、マリンがニヤニヤと橙花に笑いかけた。

「ふーん、とーかに男友達って聞いて、どんな感じでやり取りしているのか気になってたけど、そんな感じなんだ」

「……そうだが、悪いか？」

「別に～」

「そ　の　顔　は　や　め　ろ」

この生徒会長、天性の小悪魔らしい。

橙花が圧力をかけるが、マリンはヘラヘラ笑ってごまかすばかりだ。

なんだか二人の関係がわかるな。

いい加減なマリンと、きちんとした橙花。

そんな正反対な二人が仲がいいのは、不思議と気の合うところがあるのだろう。

「そうそう、はるちんとてっちん、二人がユニットで舞台に立つの、女子たちの間でめっちゃ話題になってるから期待してるよん☆」

「あ、ああ、ありがと」

この子、ちょっと恐ろしいところがあるけれど、凄く率直に褒めてくれるんだな。哲彦と同族でも、シニカルな哲彦とやり口が真逆だ。恋愛関係にさえ気をつければ橙花の友達でもあるし、いい付き合いができるかもしれない。

くるりとマリンは振り返った。

「クロちゃんたちにも期待してるよ」

「え、クロちゃんってあたしのこと？」

「そう」

黒羽が自分を指したのを見て、マリンは頷いた。

「シロちゃんとモモちゃんも。男子からの期待度、物凄いことになってるから。おかげで今年のクリスマスパーティは過去最高の参加人数になることは確実。ありがとね☆」

「ええ……まあ、それならよかったわ」

「……そうですね。頑張る甲斐があります」

みんなマリンとの距離感に悩んでいるらしい。

彼女はぴょんっと懐に飛び込んできて、初対面なのに友達レベルの雰囲気だ。

普段社交的な黒羽はともかく、孤立気味の白草や同世代との付き合いが少ない真理愛は特に扱いあぐねているようで、返すセリフがどことなく硬かった。

「もう用事は済んだんだろ？　ならさっさと帰れよ、お忙しいマリンさんよ」

マリンは返事をせず、何食わぬ顔をして哲彦が眺めているノートPCを覗き込んだ。

「あ、やっぱり司会のシナリオ見てた♪」

「……だったらどうなんだ？」

「文句あるんでしょ？」

「大ありだ」

「これ、後輩に書かせたんだけど、うちも完成度がイマイチだと思ってて。今からうちが感じた問題点言うから、ついでに直しておいて」

「はぁ？」

うわっ、この子すごっ……。哲彦をここまで都合よく使おうとする女の子、初めて見たぞ……。

「んなもんなんでオレが……っ！」

「ん～、ならサプライズ枠の〝あれ〟、なしでいい？　ようやく説得できたんでしょ？」

「⁉」

何のことを言っているんだろう、マリンは。さっぱりわからない。

ただ哲彦には重要なことだったらしく、眉間に皺を寄せた。

「てめぇ……」

「〝あれ〟をどうするかは、うちの気持ち次第ってこと。ちょーっとくらい甘えさせてくれてもいいでしょ？」

「……ちっ、わかった」

哲彦はこれ見よがしに舌打ちした。

「末晴、今日の練習はなしにしてくれ。今日は面倒事を一気に片付ける日にする」

「まあいいけど」

「そうだ、志田ちゃんたちの練習に付き合ってやれよ。互いに客観的な意見が欲しいころだろ」

「確かにな」

哲彦がいないからと言って、一人で鏡の前で練習するのも味気ない。たまには女性チームと一緒というのもいいだろう。

「じゃあ混ぜてもらっていいか？」

俺が聞くと、白草と真理愛が頷いた。

「ええ、もちろんよ、スーちゃん」

「モモのテクニックで魅了してみせます」

二人は微笑みを見せてくれる。

だが——黒羽は表情を変えなかった。

「じゃっ、行くなら行こっか」

「…………」

あまりの温度差に、俺は笑顔を浮かべたまま頬を引きつらせた。

白草と真理愛は驚愕の表情のまま固まっていた。不審そうな顔をしながらも突っ込むことができず、端的に言えば戸惑っている。

空気を読んだのだろうか。橙花が話を変えた。

「末晴たちは歌とダンスだったか？」

「ああ」

俺は救われた気持ちになりつつ頷いた。

「お前の歌やダンスを見るのは告白祭以来になるな。楽しみにしている」

「おうよ、任せろ」

「志田たちの出し物も楽しみにしている。リンの言っていた通り、生徒からの期待度は相当に高い。期待に応えるのは大変だろうが、よろしく頼む」

「……うん、頑張るよ、えっちゃん」

黒羽はどこか歯切れが悪かった。いつも笑顔で人を温かく包んでいた黒羽の面影はない。

〝おさかの〟を終わらせてから二日経っていた。

今日が〝おさかの〟終了後初の登校日であり、黒羽の顔を見るのも初めてだった。

俺と黒羽の関係はフラットになった――はずだった。

しかし俺たちの関係は戻るどころか、過去最悪のぎくしゃくしたものとなっていた。

（無理もないか……）

大事な関係を、なしにしてしまったのだから。

〝おさかの〟を破棄したことに後悔がないとは言わない。でもやむを得なかったと思っている。

ただ――辛い。冷めた応対が、骨身に染みる。

今だって、黒羽と橙花は友達同士。なので橙花からあんな激励をもらえば、

『ありがとね、えっちゃん！　頑張るよ！』

といつもの黒羽なら笑顔で言うはずなのだ。

なのに黒羽に笑顔は見られない。俺にだけでなく、友達に対してさえ笑顔が遠のいてしまっている。

（俺がクロの笑顔を奪ってしまったのか……）

平等、公正、誠実――それらを求めるがあまり黒羽を傷つけ、結果的に不誠実になってしまってはいないだろうか。〝おさかの〟を破棄したことはやむを得なかったとしても、もっと別のやり方や言い方はなかったのだろうか。

そうすれば、こんな黒羽を見なくて済んだのに――そんなことを考えてしまう。

だが同時に、このくらいで怯んじゃいけない、とも思っていた。

なぜなら――

（もし俺がクロ、シロ、モモのうち誰か一人を選んだとしたら、選ばなかった二人は今のクロよりも悲しそうになるかもしれない）

俺の自惚れならそれでいい。でも、今の黒羽よりずっと悲しそうな顔を彼女たちがするとしたら……想像するだけで胸が苦しくなった。

「練習時間がなくなっちゃうから、行こっか」

感情なく黒羽が言う。

正論だったので皆慌てて帰り支度を始めたが、やはりどうにも違和感が残ってしまっていた。

「どうしたんだ、末晴？　志田に何があったんだ？」

橙花がこっそり耳打ちしてくる。

「……うん、まあ、いろいろ」

俺はそんな曖昧なことしか言い返せなかった。

＊

「いやー、何度来ても慣れないな……」

俺は目の前にある豪邸を見上げていた。

表札にある苗字は『可知』。

そう、女子メンバーが練習の場としているのは白草の家だった。

これには理由がある。

黒羽、白草、真理愛による出し物は今回のクリスマスパーティの最大の目玉。出演することは公表しているが、内容は絶対に漏らさないようにしたい。

となると、練習場所が問題になる。

俺と哲彦は注目度的に堤防や文化センターとかでやっていても問題はないが、女子メンバーに関しては些細な情報漏洩も避けたい。

その辺りを考慮し、ベストの練習場所として選ばれたのが白草の家だった。

「スーちゃん、そんなにたいしたものじゃないわよ」

「いや、たいしたことあるって……。ここに来るの、ドキュメンタリー以来かぁ……。あのときは昔との比較で頭がいっぱいだったけど、こうやって落ち着いて家の前に立つと、また違う風に見えてくるというか……」

　前回は『初恋の女の子の家を訪問』というドキドキ感があった。もちろん六年前にも訪問しているのだが、そのときはスポンサーさんの家、男友達の家……そんな認識だったからまるで違う。そのため懐かしさや緊張など、様々な感情が胸の内を去来し、どうにも落ち着かなかった。

　しかし今は前より冷静に見ることができている。そのせいか今更ながら庭の広さや立派さ、建物の美しさなどが目に入ってきていた。

「――いらっしゃいませ、志田さん、桃坂さん。準備は……ん？」

　玄関ホールでお辞儀して俺たちを迎えてくれたのは、メイドさんだ。メイドさんが普通にいるあたり、さすが大金持ちの豪邸と言うべきだろう。

　メイドさんの髪型はショートで、後頭部よりもサイドのほうが長いという特徴的なものだ。

「っていうか、紫苑ちゃんじゃん」

「げっ、丸さん……」

　素早く紫苑ちゃんが身構えた。格闘家が取るようなポーズだ。

　あいかわらず小柄だが機敏な動きをする。俺に気がつくまではメイドらしいまともな行動をしていて、眠そうな目が愛嬌あって可愛らしかったのに――

「はぁ～……丸さんが見るとこの素晴らしい豪邸が穢れてしまうので、自重して帰ってもらえませんか？」

案の定、俺の顔を見るなり悪態をついてきた。

俺はニッコリと笑ってアイアンクローをお見舞いした。

「んん〜、それが客に言うセリフかな〜？」

「ギブギブ！」

すぐさま紫苑ちゃんがギブアップする。出会ったばかりのころは女の子相手だし……と手加減していた俺も今では容赦なしだ。

紫苑ちゃんはどれだけ口喧嘩をしても折れないし、勝手に最後には勝利宣言をし出す。

そのことを学んだ俺は、即座に肉体的攻撃を加えることにしていた。

「く、くぅぅ……」

紫苑ちゃんがうずくまる。俺はその背中に向けて声をかけた。

「紫苑ちゃん、反省したか？」

「反省!?　わたしは何も悪くないんです！　だから反省なんてするわけないじゃないですか！」

と、強がりながらも――痛かったのだろう。紫苑ちゃんは目をゴシゴシとこすった。

さすがに女の子を泣かせてしまったことに罪悪感を覚えた俺は、頭を掻いた。

「悪い、泣かせるつもりはなかったんだ……。でも普段からもう少し――」

「ふひっ」

紫苑ちゃんがにやついたのを見て、俺は言葉を止めた。

「悪い、と言いましたね、丸さん！　ふふっ、演技で元役者を騙して反省させてしまうとは……さすがわたし、自分の才能が怖いな……」

「はいはい、おとなしく反省しような」

「ギブギブ！」

俺が再びアイアンクローをすると、紫苑ちゃんは俺の太もも辺りを叩いてギブアップ宣言した。あいかわらず三秒先さえ考えてないな、この子。

誰も俺のことを止めないあたり、紫苑ちゃんのことをだいぶ理解してきているのがわかる。

周囲の様子をうかがうと、白草はため息をついていたし、黒羽と真理愛はいつものことと言わんばかりに携帯をいじっていたくらいだ。

「シオン、練習の準備できてる？」

このままではいけないと思ったのだろう。白草が話題を変えた。

紫苑ちゃんは目を輝かせると、その控えめな胸を張った。

「もちろんですよ、シロちゃん！　完璧です！　皆さんどうぞこちらへ！」

白草がかかわるとすぐ元気になるな、紫苑ちゃんって。

また揉めると面倒くさいので、俺は先導する紫苑ちゃんとその隣にいる白草からちょっと離れて後をついていった。

「どうですか、シロちゃん！」

「いつもありがとう、シオン」

「シロちゃんのためなら当然です！」

紫苑ちゃんが自信満々に見せつけてきたのは、ダンス用に準備されたリビングだった。巨大なテレビがあり、すぐに練習用動画の再生ができるようにセットされている。

六年前の話だが、この部屋のテレビの前にはソファーがあった。しかし現在ソファーは片付けられているのか見当たらず、その代わりダンス用マットが敷かれている。そのマットの周囲の床は顔が映りそうなほどピカピカに磨かれているし、タオル、スポーツドリンク、室内用シューズなど、必要そうなものがすべて用意されていた。

（紫苑ちゃん、言動は〝アレ〟だけど仕事ができないわけじゃないんだよな……）

俺が骨折したとき、問題行動は数えきれないほどあったが、それでいて料理はおいしいし、洗濯や掃除の手際は黒羽を超えていた。まったく世の中とは一面だけではわからないようにできているもののようだ。

「じゃあさっそく練習を始めましょうか。スーちゃん、着替えをしたいからちょっと部屋から出ていてくれる？」

「ああ、わかった」

俺が頷いて反転すると、すぐ横に紫苑ちゃんが並んできた。

「じゃあわたしが丸さんの監視をしておきますね」

「紫苑ちゃん、さりげなく監視とか物騒なこと言わないでくれる？　俺、覗く気なんてないよ？」

「本当に、まったく完璧に微塵もそういう願望がないと言い切れるんですか、丸さぁ～ん？」

「うっ――」

　くそっ、紫苑ちゃんにしては珍しく本質をついてきやがる。

「シロちゃんは美人ですしプロポーションもいいですから、邪なる丸さんが覗きたくなるのは無理もありません。ただ残念、わたしがいます！」

　紫苑ちゃんは額に指を当て、なんだかよくわからないが格好良さそうな決めポーズを取った。

「丸さんが持ち前の演技力で巧みに邪な気持ちを隠していたので、わたし以外は気づけなかったでしょう。しかしわたしの天才的頭脳にかかればまるっとお見通し！　悪は滅びるもの……理解しましたか!?」

「誰が『悪』だ、オイ」

　俺は紫苑ちゃんにアイアンクローをかましたまま廊下に向けて引っ張っていった。

「あ、シロ、紫苑ちゃんには俺からたっぷりお仕置きしておくから安心してくれ」

「……なるべく穏便にお願いね。私からも後でちゃんと言っておくから」

「なっ、シロちゃん!?」

俺の攻撃より白草の一言のほうが紫苑ちゃんには大打撃らしい。

しょぼんとしたので俺は手を離してやった。

「はぁ……すべては丸さんのせいですよ？」

「言っておくが、それは俺のセリフだぞ、あぁ？」

「ギブギブ！」

「いつまで経っても終わらないじゃない！　スーちゃんもシオンも、部屋から出て行って！」

ということで追い出された。

まったく、紫苑ちゃんが絡むといつも厄介なことになるから困る。

俺はため息をつきつつ、周囲を見渡した。

豪勢で広々とした廊下だ。壺や絵画が飾ってあり、庶民の家とはかけ離れている。おかげで居心地が悪いことこの上ない。

「はぁ～、丸さん、ここで立ちっぱなしもなんなので、ちょっと手伝ってもらえます？」

「ん？」

「シロちゃんたちのために、わたしは先に帰ってクッキーを焼いていたんですよ。みなさんにお出しするのに手を借りたいと思いまして」

「ああ、そういうことなら構わないけど」

部屋の前で突っ立っているのも暇なだけだ。

俺は紫苑ちゃんに案内され、キッチンに移動した。

ただキッチンと言っても、普通の家のものを想像してはいけない。本格的な調理器具が揃っており、表現としては調理場のほうが正しいか。非常に広くてよく整理されたキッチンだった。

俺がキョロキョロ見回していると、紫苑ちゃんが皿を指でさした。

「あのお皿とあのお皿、持って行ってもらっていいですか？」

「わかった」

皿に盛ってあるのはシンプルなバタークッキーとチョコレートクッキーだ。一方紫苑ちゃんは冷蔵庫からパンナコッタを取り出してきた。しかも生クリームを手に持っており、鮮やかに絞り出して盛りつけていく。

「紫苑ちゃん、中身はアレなのに何で料理ができるんだろうな……」

「まったく丸さんはおバカさんですね。は～、まあいいです。今回は運ぶのを手伝ってもらうことですし、これでもどうぞ」

紫苑ちゃんが差し出してきたのは、別の小皿に入ったクッキーだった。ぱっと見では俺が持っていく予定のクッキーと同じ種類に見える。

（……ああ、失敗作か）

皿に盛ってあるものと違って形がちょっと悪い。失敗作だからどうぞ、といったところだろうか。

「お、ありがとな。じゃあいただきま――」

食べかけて、俺は気がついた。果たして俺の知っている紫苑ちゃんは、素直にこんなものをくれる女の子だっただろうか、と。

（そう考えると、すんなりキッチンに案内したのもおかしい……）

手伝ってくださいなんて言い出すのも変だ。

紫苑ちゃんらしくない。じゃあ、紫苑ちゃんらしい行動とは何だろうか……？

「⁉」

俺はとある結論に達し、口元まで進んでいた手を下ろした。

「どうしましたか、丸さん？」

「紫苑ちゃん、このクッキー食べてみてくれないか？」

「⁉」

紫苑ちゃんはあからさまに顔を青くすると、すーっと視線を背けた。

「な、何を言ってるんですかぁ？　わたしが振る舞ってあげているんですよ？　ありがたく食べるべきだと思うんですが？」

「いやさ、きっと紫苑ちゃんはシロからの連絡で俺が今日ここに来ることわかってただろうな、って思って」

「それがどうしたんです？」

「そう考えると、ちょっと嫌な予感がして……さっきの紫苑ちゃんの反応を見て、その予感が確信に変わってさ……」

「丸さんのミジンコ並みの脳みそでは現実を正確に把握できないでしょう？　そんなの単なる邪推ですので早く――」

「誰がミジンコ並みだ？　いいから食べろよ」

「ふぐっ⁉」

俺はネックハングの要領であごに手をかけると、無理やり口を開けさせてクッキーを食べさせた。

「――ぐふっ！」

紫苑ちゃんが突っ伏す。

口に赤いものが見えるところから考えると、激辛物質を仕込んでいたか……。

「あいかわらずひどいな、紫苑ちゃんは！」

「くぅぅぅ！」

まあ悔しそうな表情を見るのは結構楽しいんだけどな。

そんなわけで俺は紫苑ちゃんを置いてクッキーをリビングに運んだのだった。

＊

白草(しろくさ)の邪魔をしてはダメ、というのが最優先事項なのだろう。さすがに練習が始まれば紫苑(しおん)ちゃんもおとなしくなった。

今、黒羽(くろは)、白草(しろくさ)、真理愛(まりあ)の三人が練習しているのはクリスマスらしいバラード曲だ。総一郎(そういちろう)さんから提供されたオリジナル曲なので聞き慣れはしていないが、とてもいい曲だと思う。

振り付けに派手さはなく、簡単なステップと可愛(かわい)らしい手の動きのみだ。

「スーちゃん、何か気になるところある？」

曲が終わったところで白草(しろくさ)が聞いてきた。

「全体的に見ると、どこがいいとか悪いとかより、もっと練習が必要だろうなぁって感じ」

「なるほど」

白草(しろくさ)が頷(うなず)いて素早くメモを取る。こういう素直すぎるところ、犬っぽいんだよな。

「個別に言うなら、シロはちょっと動きに気を取られ過ぎかな。歌に集中できてないのがわかった。自然に動けるまで練習が必要って意味で、最初に言った練習量の話に戻っちゃうんだけどさ」

「モモはどうでしたか？」

割り込むように真理愛が抱き着いてきた。

冬場とはいえ汗がにじんでいて、いつもより熱気が感じられる。

思わずドキリとしたが——今の俺は冷静だった。

だって黒羽とぎくしゃくしているせいで心が冷えていたから。

「悪い、モモ。距離を取ってくれ」

あまりにも淡々と遠ざけたことに真理愛は驚いたようだった。

目を見開き、そして——考え込んだ。

「むむむ……」

「何がむむむよ。ほら見なさい。以前私が言った通り、ちゃんと節度を保たないあなたが悪いのよ？」

渋い顔の真理愛とドヤ顔の白草を見て俺が苦笑いをしていると、背中から声がかかった。

「ねぇ、もういい？　練習を再開しない？」

声の主は黒羽だ。

「練習量が足りないってハルも言ってたじゃない。今は数をこなさなきゃ」

黒羽の言葉は正しい——が、問題は目を合わせてくれないことだ。

ダメだ。何気ない黒羽の一つ一つの言動に寂しさを感じてしまう。

「あっ、クロ……」

寂しさのためか、俺はつい声をかけていた。

「何？」

返ってきた視線――その眼差しの、なんて冷たいことか。

笑顔だ。でも感情がない。

〝おさかの〟関係解消前も、ぎこちないことはあった。

でもあのときは『クラスメート』程度の距離感。今は――『他人』レベル。

かつての温かさを忘れてしまいそうなほど、寒風が吹いている。

「いや、あのさ、練習見ていて思ったんだけど、クロの歌はいいんだけど、ステップが乱れているところがあって――」

「……どこ？」

「ほら、サビのところ」

「……ああ、なるほど。気をつけてみるね。ありがと」

「あ、うん、いや……どういたしまして」

苦しい。こんなにも黒羽と話すことが大変だなんて今までになかった。喧嘩したときだってこんな苦しさを味わったことはない。

（〝おさかの〟をやめた影響がこれほどとは……）

人間関係は簡単にくっついたり離れたりはできない。結婚と離婚がそう簡単にできないのと同じだ。お互い合意したからといって、元に戻ることなんてできはしない。一度砕けたコップは完全に元通りにはならないのだ。

（ダメだ、何とかしなきゃ……）

ちゃんと話がしたいと思った。

距離を置いて節度を保つ必要があっただけだ。俺は黒羽が好きだし、振ったつもりもない。そこをもっとちゃんと話して、知ってもらう必要があるんじゃないだろうか。

「あ、あのさ、クロ。帰りにちょっと話をしないか？」

「話？　何の？」

「何って言われると困るんだが……まあ雑談でも……」

「んー、今はハルと距離を取ることになっているし、雑談なら別にいらないんじゃない？」

「あ、あはは、そうだよな～……」

「それより練習しなきゃ。ハルは自分のペースで帰っていいよ？　ハル自身も練習があるんだしさ」

「あ、ああ、ありがとな……」

俺はそれ以上何も言えなくなってしまった。

それから一時間程度練習に付き合い、指摘などをしていたが、結局俺は一足先に帰ることにした。

黒羽の淡々とした他人行儀な態度が辛すぎたから。

「…………」

「…………」

俺は気がついていなかった。

すごすごと帰る俺の後ろ姿を、白草と真理愛がじっと見つめていたことに。

＊

白草の家での練習は、末晴が去った後集中力を増し、ほとんど誰も口を利かないまま十九時を回っていた。

休憩することになった際、白草が言った。

「そろそろスパートもかけたいし、もうひと頑張りするならあなたたちの夕食も用意するけど？」

真理愛は思案し、頷いた。

「……ありがたい提案です。お言葉に甘えさせてもらいます」

「……じゃあ、あたしも。ただあまりしっかりしたものだと申し訳ないし、おにぎりとかの軽いもので」

「わかったわ。シオン、お願いできるかしら？」

「了解です、シロちゃん」

紫苑がお辞儀をして部屋を去る。

それを見送った後、開脚ストレッチをしている白草は黒羽へ視線を移した。

「志田さん、そろそろ話してくれないかしら？」

「何を？」

「スーちゃんへの態度よ。何よ、あれ。この前までは戸惑っているってことで理解できたわ。でも今は――避けてるでしょ？」

「うん、そうだけど？」

それが何？　とばかりに黒羽は首を傾げる。

すかさず横から真理愛が突っ込んだ。

「そうだけど……じゃありませんよ！　あんなに冷たくしている黒羽さんが末晴お兄ちゃんから話しかけられ、積極的に迫っているモモが怒られるなんて……おかしいです！」

「――いえ、おかしくはないわ」

真理愛が白草を見上げた。

「これが以前言っていた〝北風と太陽作戦〟の効果ってところかしらね……志田さん？」

白草は黒羽をにらみつけ、真理愛がハッとする。

視線を集める黒羽は――不敵に笑った。

「うん、そうだね。その表現が一番しっくりくるかな」

「あの副会長と冴えない顔をして話していたのも、同情を買う狙いがあるのかしら？」

「ひどいなぁ。あれは単純に、今はあまり笑う気持ちになれないってだけ」

手足を伸ばしながら話をしていた黒羽は、立ち上がってぐいっと背筋を反らした。

「最初にみんなでハルを振るってドッキリ企画を提案したでしょ？　やってること自体はあれとあまり変わってないよ？　でも二人とも断ったじゃない」

「うっ――」

白草はたじろいだ。

真理愛が腕を伸ばしながら言う。

「そういえば黒羽さん、モモたちが断ったとき『もしかしたら気持ちが変わるかもしれない』って言っていましたね……。最初からこの展開が見えていたと？」

「話としてはそんなに難しくないでしょ？　押してダメなら引いてみろって。これもドッキリ企画のときに話したつもりだけど？」

「でもそれがこれほどの効果があるとは思わなかったわ……」

白草は唇を噛みしめた。

「モモとしては効果うんぬんよりも、黒羽さんよくやるな、という想いのほうが強いですね。

この作戦、効果的とわかっていても実行するのは難しいですよ。白草さんはできますか？」

「スーちゃんに冷たくすればいいのよね？　そ、そんなの簡単――」

「本当ですか？」

余裕ぶっていた白草は、真理愛の詰問に顔を青ざめさせた。

「本当の本当に、末晴お兄ちゃんに冷たくするのが簡単だと？」

「あ、あの、やっぱり簡単じゃないと思うわ……」

しゅんとなる白草を見て、黒羽はため息をついた。

「それで、二人ともどう？」

「黒羽さん、どうとは？」

「ドッキリ企画、やる？」

白草と真理愛は押し黙った。

「あたしだっていつまでも冷たくできないし、したくないの。今だって二人には平気に見えるかもしれないけど、正直胃が痛くなるほどのプレッシャーかかってるんだよ？」

黒羽が手を掲げてみせる。

その手は――小刻みに震えていた。

「まあ、そうでしょうね……」

真理愛は呆れたように言った。

「あたしはどこかで区切りをつけて、仲良くするきっかけが欲しいの。その点でドッキリ企画はちょうどいいのよ。ドッキリ企画によってハルにショックを与えて『あたしたちと距離を置く』って結論を取り消してもらいたいの。二人にとっても悪くない話だと思うんだけど、ダメかな？」

「…………」

「「…………」」

白草と真理愛が黙っていたのは、相手の出方を探っていたためだった。

互いに一度は断り、その後意見を覆すだろうことを黒羽に予見されていた。それがまんまとその通りとなってしまったことで、『黒羽の手の内で動かされている』という気持ち悪さがあった。

だが簡単に拒絶もできない。末晴に距離を取られたことの打開案が、この案のほかに現状なかったためだ。

白草と真理愛は、互いに今のスタンスではこれ以上末晴に近づけそうになかった。一方、黒羽は末晴から積極的に話しかけられるほど心を揺さぶっている。

では今から冷たくすればいいかと言えば違う。

すでに黒羽がやっていることを後追いするのでは効果が薄い。しかもきっかけなく冷たくしてしまえば、単純に嫌われたと捉えられてしまうかもしれなかった。

（これは危険かもしれないけれど――）

（乗るしかなさそうですね――）

白草と真理愛は視線を交わしつつ、頷き合った。

「わかったわ。あなたの思い通りというところは引っかかるけれど……」

「ええ、仕方がないようですね。黒羽さん、一応言っておきますが、抜け駆けはダメですよ？」

「それはこっちのセリフよ」

こうして三人は再び手を組んだ。末晴のファンクラブに対抗したとき以来の共闘だった。

「じゃあ詳しい内容を決めていきたいんだけど」

「哲彦さんの協力は必要ですよね」

「あの男に話すのはある程度決まってからにするわよ。どうせ投票すればこの三人で過半数は取れるのだから、先に作戦を固めておいたほうがいいわ」

「だね。哲彦くんに口を出されると、横道に逸れるかもしれないし」

「スーちゃんへの情報漏洩も恐ろしいわ。これはいきなりやるからこそ効果的な作戦よ」

「リスクを負っているのですから、やるならきっちり成果を出さねばなりませんね」

「じゃあまず、あたしが想定していた内容を聞いてくれる？」

白草と黒羽は頷いた。

三人は着替えると、テーブルで討議を開始した。その話は夕食の間も続き、結局夕食後二時間経って終了となった。

＊

「……テツ先輩、マジでやるんスか」

「覚悟しろ。お前だって一度は了承しただろ」

「いや、テツ先輩に無理やり押し切られたというか……半分冗談じゃないかなーって思いも少しあったり……」

「オレがこういうことに関して冗談を言うやつに見えるか？」

「見えないから再度確認してるんスよ」

夜の部室。

夕方までは末晴たちや生徒会メンバーがいて騒がしかったこの部屋も、現在いるのは哲彦と玲菜だけだった。

部室の机にはいつも玲菜が髪を結んでいるヘアゴムが置かれている。そのすぐ横の椅子には制服がかけられていた。

「……うん、やっぱりこれなら大丈夫だ。オレを信じろ」

「信じろと言われましても……」

「中二のころまではお前、アイドルになりたいって言ってたじゃねぇか」

「あれは……厨二病（ちゅうにびょう）ならぬ、アイドルシンドロームというか……」

「だとしても、何で目指すのやめたんだよ？」

「……誰にも言わないっスか？」

「言わねぇよ。オレはよく嘘（うそ）をつくが、お前との約束は守ってるつもりだ」

玲菜（れな）はもじもじしつつ、重い口を開いた。

「あれは確かテツ先輩が卒業してすぐくらいだったんスけど、お母さんの真似（まね）をして、ネットにその動画を上げてみたんスよね……無謀にも」

哲彦（てつひこ）は目を見開いた。

「それで？」

「胸のことしかコメントがつかなかったっス。まあ再生数も千程度だったんスけどね」

「……そうか」

「客観的に見て、あっしには才能がないんスよ。容姿、歌唱力、運動神経、性格、華……あらゆるものが」

「自分で限界を決めつけるのかよ」

「決めつけてるんじゃないっス。これが事実なんスよ。卑屈になって言ってるわけじゃないって、テツ先輩ならわかりますよね？　志田先輩たちを見れば一目瞭然ですから。あれが才能のある人っス」

「……玲菜」

「あーあー、こういう景気の悪い話になるから言いたくなかったんスよ。あっしとしてはそんな現実を受け入れてるんで、無茶ぶりだけは勘弁して欲しいというか……」

哲彦は鼻で笑った。

「バカか。もういい。とにかくグダグダ言わずにやれ。枠だってマリンに言って確保済みなんだからな」

「テツ先輩、話を聞いてましたか……？　だからあっしには才能がないんで……」

「それを聞いたからより強く言ってるんだが？」

「いやいや、話が繋がってないっス」

「どこが？　クリスマスパーティは、プロになれるような才能があるやつじゃないと出ちゃダメなのか？」

「………………」

「むしろ逆だろ。大人になったらもっと舞台に立ちづらくなる。今なら失敗したって笑って許される。だからやれって言ってんだ」

「で、でも――」

「これは先輩命令だ。笑われてこいって言ってんだよ」

「うう～、横暴っスよ～」

「横暴で結構」

「……恨むっスよ」

「おう、たっぷりと恨め。それで、その上で――楽しんでこい」

「はぁ～……」

玲菜が深いため息をつく。

哲彦はシニカルな笑みを浮かべている。

しかし眼差しが温かいことを玲菜は感じていた。

＊

恒例の志田家の双子が掃除に来てくれる日。

俺は自室の椅子に座り、距離を取る宣言をした後起こったことを蒼依に語っていた。

蒼依は俺のベッドに腰をかけ、黙って聞いてくれている。

「……というわけで、みんなと距離を取ったのはいいんだけど、クロとはうまくいかなくて

――」

ほとんど包み隠さず話したが、〝おさかの〟関連だけは言っていなかった。そもそも蒼依に〝おさかの〟について話していないからだ。

「やっぱり距離を取るって言ったの、やりすぎだったかな……？　もしかしてクロは、俺のこと『もうどうでもいい』と思っちゃったりしたんじゃないか……？　ほら、女の子って心にスイッチがあるって言うじゃん。彼氏とかでも、もうダメと思ったらダメスイッチが入って、以降は一切相手にしないことあるって雑誌で見たことあるし」

「そのスイッチがないとは言わないですけど、今回のくろ姉さんの場合は違うと思いますよ？」

蒼依は可愛らしく苦笑いをした。

蒼依の苦笑いは他人に不快感を与えない。相手を許容しつつの苦笑いなので、否定されていると感じさせないためだろう。

「くろ姉さんの本心はわかりません。でも行動自体はちょっとわかる気がします」

「どういうこと？」

「今まではどちらかというと、くろ姉さんのほうからはる兄さんにアタックしていたと思うんですよ。まあ仲違いして、その原因がくろ姉さんのほうにあったせいでしょうけど」

なるほど、考えてみればそうかもしれない。『記憶喪失の嘘事件における積極的行動』や『好きって言うゲーム』なんかは黒羽に負い目があったからこその猛烈アタックだろう。

「でもその甲斐なく、今回はる兄さんから『距離を取る宣言』が出てしまいました。そうなると徒労感が出てもおかしくないです。頑張っても意味がないかも、と考えてしまったのではないでしょうか？」

「それって、やけっぱちになってるってこと？」

「そうですね、意味的にはそんな感じかと」

「……ありえるな」

蒼依には言ってないが、黒羽と〝おさかの〟を解消している。実のところ、蒼依が想像しているよりずっと徒労感が出やすい状況なのだ。それこそ『もうどうでもいいやー』的にすねてしまっていることは、十分に考えられた。

「対策はないかな？」

「ちょっと時間を置いてみてはどうかと。今、話しかけてもくろ姉さんは『今更何？』としか思わないのでは？」

「確かに……。ああでも、避けるのは良くないよな？」

「避けるのは劇薬のように感じますね。くろ姉さんがいい風に取ってくれるなら、同じことをされたことで、はる兄さんがどれだけ傷ついたか気づいてくれるかもしれません。でも個人的には、『やり返しに来た』って見られる可能性のほうが高いように思えます」

「うーん……」

　劇薬とは的確な表現だ。

　確かに改善の可能性もあるが、黒羽が俺のことをもうどうでもいいと思いかけているのなら、その感情に拍車をかけ、本当にどうでもいい存在に俺を落とすかもしれない。その展開は恐ろしすぎる。

「とりあえず俺は普段通り接するか……」

「様子見も大事かと。時間が解決することもあります。待つのははる兄さんの性に合わないかもしれませんが、相談ならわたしがいくらでも乗りますので」

　蒼依が照れくさそうに微笑む。この子にしては大きなことを言ってしまったと思ったのかもしれない。ほんのり頬が赤らんでいた。

「中学生の女の子に恋愛相談に乗ってもらわないといけないなんて……俺、頼りなくてごめんな……」

「いえいえ！　そんなこと言わないでください！　わたし、いつもはる兄さんには元気をもらっているので、力になれることが本当に嬉しいんです！」

　蒼依が一生懸命励ましてくれる。

　その優しさに俺は心が癒やされた。

「ありがとな。アオイちゃんは本当にいい子だな」

「そ、そんなことないですよ……。わたし、本当は悪い子で……」

「あはは、悪い子はそんなこと言わねぇって」

「ハルにぃ！　あおい！　できた！」

朱音の声だ。一階から呼んでくれている。

俺たちは頷き合うと、キッチンへ向かった。

「どう、ハルにぃ？」

「お、おー……」

俺が微妙な声を上げたのは、料理の見た目がイマイチだったためだ。

味噌汁は良さそうだが、焼き鮭が結構焦げてしまっている。鍋に入った筑前煮は野菜が異常に同じサイズで逆に怖い。

「少し焦げちゃったか……」

「そ、それは……。ワタシ、ちゃんとグリルにセットした……」

「あ、悪い、それはうちのグリルのせいだな……。焦げるときがあるから、途中で焼き加減を確認したほうがいいんだ……」

「そうなんだ……」

がっくりと朱音は肩を落とした。

（しまった……）

朱音は前回掃除にやってきたときから料理にチャレンジしたいと言っていた。それで今日、料理を作りたいからやらせてくれとわざわざ頼んできたくらいなのだ。

朱音は学校から帰ってすぐにスーパーへ買い物に行ってきたらしい。

俺が帰宅したときにはすでに料理に取り掛かっていて、掃除をしてくれていた蒼依から『今日はすべてあかねちゃんが作りたいそうなので、わたしは見学です』と言われていた。

朱音の集中力は凄まじく、声をかけても耳に入らないようだった。そのため俺は料理に手が出せず、蒼依に協力してまず掃除を終わらせた。

しかしまだ朱音は料理を作っている。ならばと思い、完成までの間、掃除の続きを自室でするフリをして、蒼依に恋愛相談に乗ってもらっていたというわけだった。

「せっかくだし味見させてくれ」

俺は手早く小皿を持ってきて、味噌汁をお玉でついで口に含んでみた。

「……おいしい！」

「！」

朱音が目を見開く。

俺は筑前煮のほうにも箸を伸ばした。

「おっ、煮物もおいしいな！」

「ほ、ホント……っ！」

「ああ。ありがとな、アカネ。魚は俺んちのグリルがおかしかっただけだ。気にすんな」

俺が頭を撫でると、朱音はそっぽを向いた。

「な、ならいい。ワタシの火加減は完璧だったはずだから……」

よかった。表情にこそ見せてくれないが、この口調からすると機嫌はよくなったと思う。

せっかく頑張って作ってくれたのだから、最初から褒めるべきだったな。反省だ。

「はる兄さん、ご飯をよそいますね」

さすが蒼依。俺たちが話している間にも配膳をしてくれていた。

「ありがとな、アオイちゃん……って、どうした？」

蒼依がそっと胃を押さえている。

「あ、いえ、何でもないです」

「胃薬あるから持ってこようか？」

「いえ、本当に大丈夫なので」

「？」

蒼依は何事もなかったかのようにご飯をよそう。

俺と朱音は顔を見合わせ、首を傾げた。

＊

クリスマスイブが翌日に迫っていた。

当初は『生徒会主催のパーティなんて……』と敬遠していた生徒も、群青同盟の女子メンバーが舞台に出演するということで無視できなくなり、もはや笑い飛ばす生徒はいなくなっていた。

「志田さん、どんな衣装なんだろうなぁ～」

「やっぱクリスマスっぽい衣装なんじゃね？」

「とにかくエロいの希望っっ！」

「可知さん推しの俺としては、なるべく脚のラインが見える衣装でお願いしたいところだ」

「いやいや、真理愛ちゃんの可愛さを引き立てる、ファンシーな衣装こそが望ましいぞ」

「はぁ？　何言ってんだ、てめぇ」

「やんのか？」

いたるところで期待と欲望が渦巻き、校内はクリスマスパーティの話題でもちきりとなっていた。

また末晴と哲彦に関しても女子の間でそれなりに話題となっている。

「甲斐くんのダンス、ちょっと楽しみよね」

「性格は最低だけどツラはいいもんねー。目の保養に良さそう」

「丸くんはプロだから期待しかないし」

「甲斐くん、丸くんについていけるのかな？　丸くんの告白祭でのダンス、キレッキレだったじゃん」

「甲斐くんならやれそう。彼っていつも本気出さないだけで、何でもできるでしょ？」

「はぁ、女癖さえ悪くなければ……」

話題の主役は群青同盟の面々だ。

しかしその他の出演者の話題も交わされていた。

「バスケ部副部長だった岸本先輩、歌を披露するらしいぜ。しかもその後、告白を狙ってるらしい」

「マジかーっ。でもよ、明日ってただのパーティで、告白祭とは違うじゃん。なのに告白すんのか？」

「そうなんだけどさ、クリスマスイブだろ？　舞台からの告白だろ？　サプライズってのも加わって、告白祭と同じ効果があるんじゃねぇかって計算らしい」

「はぁ〜、よくやるよな〜」

「三年生はこの時期ならもうほとんど学校に来なくていいしさ、うまくいけば儲けもん、ダメなら卒業してさよなら～ってことで、高校最後のチャレンジって考えてるみたいだぜ」

「言われてみればそうか。来年もパーティがあるなら俺も考えてみるか……」

放課後になり、体育館はすべての窓に暗幕が引かれていた。明日のイベント出演者が本番さながらのリハーサルを行っているためだった。

「～♪　～♪」

大音量のメロディが体育館に流れている。

その音が漏れ出していて、聞きつけた生徒たちが興味津々に体育館の周囲に集まっていた。

「ちょっと中を見てみようぜ」

とある生徒がそうつぶやいた。

「おいおい、マズいだろ」

「でもさ、気になるじゃん。ちょっとだけ」

そう言って男子生徒が扉に手をかけた瞬間、内側から勢いよく扉が開いた。

「――愚か者！」

開口一番、生徒会副会長――橙花が一喝する。

男子生徒はその一言で震え上がった。

「お前はこの貼り紙が見えないのか？」

体育館の出入り口には『関係者以外立ち入り禁止』と紙が貼られている。

「あっ、いえ、その……すいませんでした！」

蜘蛛の子を散らすように生徒たちが去っていく。

「まったく、しょうがないやつらだ」

橙花はため息をついて体育館の中に戻ると、しっかりと扉を閉めた。

舞台上では男子生徒が気合いを入れて歌っている。

舞台の隅には変わった光景もある。哲彦と生徒会長である鈴が一枚の紙を見ながら話し合っているのだ。

二人の間には何やら因縁があるらしく、どちらかと言うと哲彦が一方的に嫌っているのは橙花も知っていた。だからこそ、こんな光景は共にイベントに携わるくらいのことがないとありえないものだった。

橙花は去年のクリスマスパーティを思い出した。

当時は書記。舞台は使わなかったので幕が閉まっていたし、歌う者なんていないから適当なJ—POPが流されているだけだった。手伝いのスタッフもおらず、生徒会メンバーでひたすら机を運んだりしていた。その寂しさに、せっかくの機会なのだからもう少し賑やかにできないものかと思ったものだった。

だが——今年はまるで違う。

活気があり、立ち入り禁止なのに人が集まってきてしまうほどだ。

「……いいじゃないか」

群青同盟に協力を仰ぐというアイデアを出してよかった、と橙花は心の内で思った。

＊

俺と哲彦は舞台上でヘッドマイクをつけて踊っていた。

アップテンポなダンスミュージックで、総一郎さんから提示された曲の中で一番カッコいいからと気軽に選んだのだが、なかなかダンスがハードだ。

ダンス自体には自信があり、振り付けも哲彦より先に覚えたくらいなのだが、さすがに体力までは一朝一夕に養えない。その問題をいかにして乗り越えるかが今回の出し物の最大の難関だ。

一緒に踊る哲彦は俺より体力があり、運動神経もいい。おそらく哲彦は俺の長所と短所をしっかり把握していたのだろう。俺を上回れる部分があるからこそ、この曲に賛成したに違いない。

「――♪」

ポーズを決めると同時に曲が終わる。

冬にもかかわらず、ドッと汗が噴き出してきた。

「おおおっ……」

一瞬の静寂の後、周囲から拍手が上がった。

この場にいるのは生徒会メンバーかイベント出演者のどちらかだ。

三十人程度しかいないのだが、そのほとんどから拍手が上がっていた。どうやら俺たちは相当注目されていたらしい。

「やったな、哲彦」

「いや、一か所間違えた。あと後半ちょっと遅れた部分もあった。明日の本番までにもうちょい練習して精度を上げておく」

「……そうか」

俺は哲彦とダンスの練習をしていて気がついたことがあった。

意外にストイックなのだ。

普段哲彦はヘラヘラしているし、口が悪い。普通なら気を遣った言い方をするべき場面でも平気で相手を叩く。そういうところを見て『嫌なやつ』と評価されても仕方がないだろう。

ただ今回は批評家ではなく、出演者の立場だ。

となると自分に甘い評価をし、手を抜くんじゃないかという懸念もあったのだが、哲彦は一切手を抜かなかった。いや、むしろここまで自分に厳しいのか、と思うようなことがあった。

今の評価なんてまさにそうだった。

確かに哲彦は一か所間違えたし、遅れることも少しだけあった。

でもそれはちゃんとダンスを覚え、練習した俺だから感じること。おそらくたった一回しか見ないパーティ会場の人たちなら、ほんの僅かに違和感を覚える程度だろう。

こう見えて哲彦はエンターテインメントに対して誠実なのかもしれない。普段から群青同盟の動画制作に厳しいことを言うのも、実は『面白い』ということに貪欲であるがゆえなのだろう。

「末晴お兄ちゃん、素晴らしかったです！　これ、タオルです！」

俺は真理愛が差し出してくれたタオルを受け取り、顔をぬぐった。

「おお、ありがとな」

「…………」

俺は真理愛の後ろにいる黒羽につい目がいってしまった。

元々プログラム順では、俺たちの次が黒羽たち。だから三人とも舞台袖にいた。なので黒羽がそこにいるのは当然のことなのだが――

「……悪い」

俺は真理愛との会話を打ち切り、黒羽に話しかけた。

「クロ、ダンス見てくれたか？」

「うん、もちろん。さすがハルだね」

「あ、ああ、ありがとな」

あいかわらず黒羽は冷たい。

口では褒めてくれているけれど、表面上合わせているだけ。心がこもっていないのは誰が聞いても明らかだった。

「次あたしたちだから、ちょっと集中したいの。もういい？」

「そ、そうか。話しかけてごめんな」

「別に謝らなくてもいいよ。あたしこそごめんね」

そう言って黒羽は俺から離れていった。

……胸が苦しい。〝おさかの〟を解消してから黒羽にずっと冷たくされているが、そのたびに胸が締め付けられる。

黒羽とは物心つく前から一緒にいて、たくさんの時間を共有していた。

いっぱい一緒に笑ったし、喧嘩もたくさんした。励まし合ったりもした。

なのに、今は――

深く考えると辛すぎて涙腺が緩む。人前でなければ泣いてしまっていたかもしれない。

（どうすればいいんだろうか……）

こうなったのは、すべて俺のせいだ。

俺が三人の女の子に心を惹かれ、選べなくなってしまった。そのせいで公正な対応をしなければと思い、〝おさかの〟を解消した。黒羽に落ち度なんてない。

（じゃあ、〝おさかの〟に戻ればいいのか？）

そんな単純な話じゃないだろう。そもそも戻れるかどうかの問題もある。

やるべきことは簡単だ。誰か一人に決めるのだ。

決めて、あとは一心不乱に進むだけ。

だが未来を想像すればするほど、俺は恐怖を覚えていた。

例えば黒羽を選んだ場合――


『――ヤダ』


なんて感じで俺が振られる可能性だってある。

また選ばなかった残り二人に嫌われ、一生縁を切られてしまうことだって考えられた。

『スーちゃん、もう二度と私に話しかけないで。私はスーちゃんが好きだった。でもスーちゃんは志田さんを選んだ。だからもう一緒にいられないわ。私を見てくれないスーちゃんなんて嫌いよ。もう顔を見たくないわ。永遠にさようなら』

『末晴お兄ちゃん、モモは転校します。モモは末晴お兄ちゃんといたいから……好きだから……転校してきたんです。でも選ばれないなら、辛すぎてここにはいられません。もう二度と会いたくありません。今後収録で会っても無視してください。それでは』

もしかしたらこんなことを言われるかもしれない。

（ありえないことじゃない……）

誰かを選んだ以上、しょうがないことかもしれない。でも辛すぎる結末だ。

今のところこれらはすべて妄想の域を出ない。それでも絶対ないとは言い切れないだろう。

（俺は……どうすれば……）

指先がかじかんでいる。

芯から震えがこみ上げてきて、俺は奥歯を食いしばり、両足に力を込めた。

＊

リハーサルがすべて終了し、イベント出演者たちは解散となった。

哲彦は司会も務めるので、今日のリハーサルで気になったところに赤ペンで書き込みを入れていると、黒羽から手招きされた。

「哲彦くん、こっち！」

黒羽の横には白草と真理愛もいる。

末晴は先ほど体育館から去っていったばかりだ。末晴のいないところで話したいことがあるのだろうと察した。

「何だ？」

誰もいなくなった舞台袖に移動すると、哲彦は黒羽、白草、真理愛に取り囲まれた。

「例のドッキリ企画、準備は大丈夫よね？」

黒羽が詰め寄ってきたので、哲彦は頭を掻いた。

「ああ。マリンに話を通してある。気になるなら小道具回りも確認するか？」

「……そうね、するわ」

「念には念を入れておきたいところですし、モモも確認します」

哲彦はドッキリの看板や『手紙』を見せた。

三人とも無言で内容を確認する。

やがて三人は頷いた。

「うん、これなら」

「明日のことなのにドキドキしてきたわ」

「早いですよ、白草さん。とはいえ、撮影とは違う緊張がありますね……」

哲彦は肩をすくめた。

「それより交換条件のほう、頼むぜ」

「わかってるって。極秘だもんね。控え室や移動のときはちゃんと守るから」

「甲斐くんからそんな提案が出るなんて今でも意外だわ……」

「まあいいじゃないですか。モモは大賛成です。メイク道具はモモのものを使いますので」

「頼んだぜ」

三人は納得し、満足げな顔をして去っていった。

見送る際、ふと体育館の隅に佇んでいる一人の男子生徒が目に入る。

哲彦は思わず眉根を寄せた。

（……間違いない。阿部だ）

気配を殺している。彼は目立つ存在だ。ちょっと出入り口に立っているだけでも人に囲まれるなんて珍しいことじゃない。

なのに――いつからいたのだろうか。

関係者以外立ち入り禁止。しかし阿部の人脈と人気なら、こっそり中に入れてもらうことも可能だろう。

（筋金入りの末晴ファンだから、オレたちのリハを見たくて潜り込んだのか……？）

声をかけようか迷っていると、阿部がこちらに気がついた。笑顔を浮かべて手を振ってくる。

「…………」

哲彦は見なかったことにした。

「さて、と……」

「いやぁ、露骨な無視はさすがにひどくないかい？　胸が痛むよ」

哲彦は踵を返しかけ――止めた。

せっかく見なかったことにしたのに、まったくこの先輩はあいかわらず空気が読めない。

「それなら普段からの言動を振り返ってみたほうがいいですよ？」

阿部は胸に手を当てた。神聖な儀式をするかのようなポーズだ。

たっぷり三秒目をつぶって考えた後、阿部はつぶやいた。

「よかった、気になるところはどこにもなかったよ」

「ああはいそうですか！　邪魔ですので早く帰ってもらえませんかね？」

嫌みたっぷりに言うと、阿部はケロッとした顔で言った。

「そうだね。邪魔するのもなんだし……最終確認はできたし、、、……」

「最終確認……？」

嫌な感じがするセリフだ。

「明日、楽しみにしてるよ。じゃあね」

いつものうさん臭いほどのさわやかスマイルを残し、阿部は体育館から出て行った。

第三章　パーティナイト前半　～もろびとこぞりて～

＊

俺は生徒会が配布しているクリスマスパーティのパンフレットを眺めていた。

見開きの右ページには簡単な式次第。左ページにはステージのプログラムが書かれている。

右ページの内容はざっとこんな感じだ。

＊＊＊＊＊＊＊＊＊＊＊＊＊＊＊＊＊＊＊＊＊

【生徒会主催　クリスマスパーティ】

場　　所：穂積野(ほづみの)高校体育館
開　　場：十七時
クリスマスパーティ：十七時三十分～二十時
参 加 条 件：穂積野(ほづみの)高校の生徒であること
　　　服装は私服可

一．開会の挨拶　十七時三十分～
二．スペシャルステージ　十八時～
三．スペシャルステージ　サプライズ枠　十八時三十分～
四．スペシャルステージ　群青（ぐんじょう）同盟枠　十九時十五分～
五．特別企画！　中身は内緒！　十九時四十五分～
六．閉会の挨拶　十九時五十五分～

　※ステージの合間には休憩あり
　※ステージ出演はすでに締め切り済み

＊＊＊＊＊＊＊＊＊＊＊＊＊＊＊＊＊＊＊

俺はパンフレットを見つつ、何となく去年のクリスマスイブのことを思い出していた。

そういえば哲彦（てつひこ）がクソみたいなことを言ってたっけ。

『オレ、クリスマスイブって嫌いなんだよな。店は混むし、デートの調整が大変だしよ。本当に一緒にいたい人とはゆっくり過ごしたいから、お前とはわざとクリスマスを外して会うんだぜ？　って言い訳もそろそろきつくてさ。マジ勘弁して欲しいぜ』

もちろんすぐさま腹パンをお見舞いしたのは言わずもがなのことである。

クラスメートも去年は落ち着いていた。クリスマスの話題は聞こえてくるが、景気のいい話はさほど多くない。

どれだけ街が飾られ、お決まりの音楽が流れていても、高校生の現実はチキンやケーキを食べたりするのが精々だ。特別なことが起こる予感なんてない。

でも今年のクリスマスイブは教室の中の空気が違っていた。

「おい、ここだけの話さ、俺、サプライズ枠で出るから期待してろよ」

「はぁ？　何だそれ？」

「出演者の名前や演目を事前に明かしてない枠があるんだよ。知らなかったのか？」

「それ何の意味があるんだ？」

「一応覆面かぶって一発芸とかを想定しているらしいけど、単純にいきなりカッコよく歌ってびっくりさせたいってやつも結構いるらしいぜ」

「お前もそうってことか」

「俺の美声を見せてやるぜ。これで今年の年末は……ぐふふ」

学校全体が浮ついている。なんだか楽しげな空気が漂っていてワクワクした。

「おい、丸」

終業式後、教室でダべっていたら、小熊に廊下から手招きされた。横には那波もいる。

何だろうと思いつつ、俺は近寄った。

「何の用だ？」

「おれと那波（なば）、今日それぞれ出し物やるだろ？　しかもオリジナルソングだっけ？」

「ああ、歌を歌うんだったか？」

さっきパンフレットを見たとき、二人の名前があった。『二．スペシャルステージ』の出演者だ。出し物はオリジナルソングの歌唱と書いてあって、『あ、見つけるんじゃなかったなー』と思ったものだ。

ちなみに今更気がついたのは、自分や黒羽（くろは）たちのリハにしか興味がなく、リハの時間寸前に体育館に入ったためだったりする。

「〝ヤダ同盟〟に曲が作れるやつがいてな。〝ヤダ同盟〟全員で歌詞を練ったんだよ」

「…………」

さわりを聞いただけなのに、嫌な予感しかしないのがある意味凄（すご）い。

「歌うのは小熊（おぐま）だが、〝ヤダ同盟〟全員舞台に立つってことか？」

「ああ、いわゆるバックダンサーみたいなもんだな」

「……那波（なば）のほうも同じような感じなのか？」

那波（なば）はその長い前髪をかき上げた。

「フッ……そうだ」

「…………」

いやホント、聞けば聞くほど嫌な予感しかしないな。

ふと俺はあることが気になった。

「そういや、ジョージ先輩は？」

「あの人は受験生だぞ。ただアニ研はＭＡＤを出すらしいから、多少かかわってるかもな」

ＭＡＤとは既存の音声・ゲーム・画像・動画・アニメーションなどを編集・合成し、再構成した動画のことだ。

「あー、確かにアニ研の名前あるな」

『二．スペシャルステージ』の出し物の中にアニ研の名前があり、動画の公開って書いてある。どんな動画を作ったのかは知らないが、技術が必要な出し物を用意するところがアニ研らしい。

「で、そもそもの疑問なんだが、なぜ俺にそのことを言いに来たんだ？」

俺にはそこがわからなかった。

小熊や那波が好きな出し物をやるのは別にいい。

黒羽ファンクラブ〝ヤダ同盟〟と白草ファンクラブ〝絶滅会〟は本人非公認ではあるものの、一応現在は群青同盟の下部組織である。そのため確認を取りに来たのかとも思ったが、そもそもそういう仕事は哲彦の領分だ。まったく意味がわからない。

小熊は大きな口を豪快に開けて笑った。

「おれたちの生き様を見せてやる。お前も大変な恋をしているが、頑張れよ」

俺は眉間をつまみ、深呼吸をした。

「………………言っとくが、俺の本命は哲彦じゃねぇからな？　あれは方便だからな？」

小熊は憐れみを湛えた――しかし相手を心から労るような慈愛に満ちた眼差しを俺に向けてきた。

殺すぞ？

「わかってる。だからそんなにむきになって否定しなくていいぜ」

「フッ、その通りだ。オレたちは報われない愛に生きる戦士仲間……気にするな」

「セリフや行動だけならいいやつに見えるところがムカつくな！」

まったく、こいつらあいかわらず人の話を聞かねぇな！

人間都合のいいことしか耳に入らないと言うが、まさにそんな感じだ。誤解していること以外は悪いやつじゃないとわかるだけに何とも言えない気持ちになるな。

結局小熊と那波は自分たちの出し物を見ろとだけ言いたかったらしく、早々に自分のクラスへ戻っていった。

「……よしっ、郷戸。今日は一発かましてやろうぜ」

「……ギルティ」

宇賀と郷戸も何やら企んでるし……。

「クロさ、今日の出し物、マジ楽しみにしてるから」

「うんうん、クロ、カラオケ超うまいし、群青同盟のPVもよかったもんね」

「やめてよ～。そうやってハードル上げられるの辛いんだから～」

黒羽は友達と盛り上がってるし……。

「白草さん、今日の出し物、楽しみにしていますね」

「芽衣子、見に来てくれるの？」

「はい。楽しみにしていますよ。沖縄での撮影は大変みたいでしたけど、今回はどうでしたか？」

「もちろん大変だったわ。でも前よりマシね。人前に立つのは未だに慣れないけれど……スーちゃんの出し物も楽しみだし……うん、悪くないわ。パーティが楽しみね」

「ふふっ、それならよかったです」

白草と峰はあいかわらず仲が良さそうだ。

何だろうな、この空気感。

この感じ、知っている……懐かしいような……。

そうだ、これは文化祭の前の空気だ。ライブや映画が始まる前、楽しみにしていた番組が今日やるとわかっているときなんかも同じと言える。

面白いものが待っているだろう、という期待感が充満しているんだ。

（好きだな、こういう感じ）

俺も一発かましてやろうという気持ちがふつふつと湧いてきていた。

＊

夕方となった。

体育館の開場は十七時から。出演者はそれまでに最終チェックを行っている。

一般入場者の生徒たちはほとんどが終業式後、一旦家に帰っている。開場まで時間があるのと、クリスマスパーティは授業じゃないので、私服が認められているためだった。

これは現生徒会長であるマリンが強力に推し進めた結果らしい。彼女は『装飾品規制の緩和』を公約にし、熱心に推し進めている。なので今回のクリスマスパーティを、その足がかりとして利用できないかと考えているそうだ。さりげなく自分の政治的意図のために利用してくるあたり、やはり哲彦と同族感がある。

「橙花、外はどうだった？」

「ああ、もう結構並び始めていた。学校であれだけの数の私服の生徒を見るのは、どうにも違和感があるな」

現在開場三十分前。俺は出演者ということですでに体育館に入っていた。

　俺の出番は後半なので、哲彦と軽く今後のスケジュール確認をした程度で、今は特にやることもなく暇だった。

　出番が早い出演者はすでに衣装に着替えている。俺は衣装でうろつくのも何なので、現在は制服姿。折を見て部室で着替えることになっていた。

　俺と一緒に出演予定の哲彦は司会の仕事もあるので忙しい。女子メンバーはメイク等、俺より遥かに準備に時間がかかる。ということでお菓子の用意や受付準備でバタバタしている会場をぶらついていると、ちょうど外から会場の中に入ってきた橙花を見つけたので声をかけたというわけだった。

「……でさ、ちょっと気になってることがあるんだけど」

「何だ？」

「その、借りてきた猫みたいになってる紫苑ちゃんはどうしたんだ？」

　橙花が紫苑ちゃんの首根っこを摑んでいる。紫苑ちゃんに絡むと面倒くさいので当初はスルーしていたのだが、珍しくおとなしくしていたことから、もう今は他のことなんてどうでもいいくらい紫苑ちゃんが気になっていた。

　問題の紫苑ちゃんはそっぽを向いて押し黙っている。俺の存在を無視しようという魂胆らしい。

「実は私とリンと大良儀で、サプライズ枠に出るんだ」

「……え？」

「これから最終打ち合わせをするんだが、『もう自分は完璧だから打ち合わせなど必要ない。それよりシロちゃんの様子を見に行く』と言い出してな。捕まえてきたわけだ」

出た、紫苑ちゃんの根拠なき自信。橙花も苦労するなぁ。

「まあ橙花とマリンはわかるとして……なぜ紫苑ちゃんも？」

「最初は『群青同盟だけに出演させるのは不公平だから、私たちも生徒会を代表して歌でも歌お☆』とリンが言い出したんだ」

「それは何となく想像がつく」

言ってる姿が目に浮かぶ。つーか、自分が舞台に立ちたくてクリスマスパーティを盛り上げようとしたんじゃないかと邪推してしまうほどだ。

「で、そんなときにちょうど可知の後をつけている大良儀を見つけてな。つまらんことしてるくらいなら手伝えと言って巻き込んだ」

「――おい」

いきなり突拍子もない展開になってびっくりしたんだけど！

「橙花、さすがに無茶だろ、それは。そもそも紫苑ちゃんの頭脳で歌が覚えられるはずないだろ？」

「ふんすっ！」

紫苑ちゃんが俺のすねを蹴る。

「ぐおおおっ！」

俺は悶絶して床を転げ回った。

「まったく丸さんにはデリカシーってものがありませんね！　天才であるわたしにかかれば歌の一つや二つ、楽勝に決まっているでしょう！」

「……えー」

なんて信用できない言葉なんだ……。これだけ期待ができないのも珍しい……。

俺が呆れ顔をしていると、意外にも橙花は優しい表情になった。

「大丈夫だぞ、末晴。大良儀はやればできる子だからな」

「そうです！　さすが恵須川さん、丸さんと違って見る目がありますね！　ふふふっ、つまりはそういうことです！」

「最初は大良儀もごねたのだがな、可知が出るのにお前は出なくていいのか？　って言ったら急にやる気を出してな」

「ああ、なるほど……」

「まあシロちゃんが出るなら、姉みたいなものであるわたしも出るのが自然でしょう！」

俺は得意満面の紫苑ちゃんを眺めつつ思った。

（凄い、橙花のやつ、紫苑ちゃんの扱いめっちゃ手慣れてるな……）

　そういえば橙花と紫苑ちゃんって同じクラスで、しかも橙花がお目付け役みたいな立場だっけ。ファンクラブ絡みのときは怒ってばかりだったが、白草を使えばうまく扱えることを学んだのか。さすが橙花だ。

　豚もおだてりゃ木に登るという言葉を俺は思い出していた。

「橙花、ちょっといいか？」

「ん？」

　俺が少し距離を空けて手招きすると、橙花は紫苑ちゃんにその場で待つように言い、俺の横に来た。

「紫苑ちゃんを巻き込んだ狙いは何なんだ？」

「……私はな、普段から大良儀のエネルギーは有効活用すべきだと思っているんだ」

「ああ、それはわかる。何というか、生命力というか、パワーだけは物凄いもんな」

「放っておけばどうせ可知絡みでトラブルを起こすだけだから、最初から自分の目が届くところに置いたわけだ」

「それもわかるが……本音は？」

「……リンが出ると言って聞かなかったからな。一緒に舞台に出る人数が増えるほど、私の注目度が下がる。よって道連れが一人でも多く欲しかった」

「品行方正な生徒会副会長はどこ行ったんだよ⁉」

風紀委員長みたいっていう評判とはいったい……。

「私だって人間だ。あさましい感情だって持っている」

「まあそれを正直に言っちゃうところが真面目だなと思うが……」

「お前を友達として認めているがゆえの愚痴みたいなものだ。とはいえ『大良儀のエネルギーの有効活用』と『自分の目が届くところに置いておきたかった』という理由がなければさすがに引き入れていなかったから安心しろ」

「……そっか。まあ紫苑ちゃんのお目付け役お疲れ様ってところだな」

紫苑ちゃんのお目付け役とか面倒くさすぎる。俺では絶対に務まる気がしない。

そんなまったくおいしくない役割をさりげなくやっている橙花だ。多少道連れにするくらいの我がままさがあったほうがむしろ人間らしいか。そう考えると、どんどん紫苑ちゃんをこき使ってやれって気もした。

「で、歌うんだっけ？　どんな歌なんだ？」

「…………」

突如橙花が顔を険しくする。

俺は恐る恐る尋ねた。

「……どうした？」

「一つ、言っておきたいことがある」

「何だ？」

「友達としてのお願いであり、どうしても守って欲しい約束なのだが」

「だから何だ？」

「見ないでくれ」

「――見る」

俺の即答後、一瞬時間が止まった。

きっと橙花はそんなようなことを言うと思っていた。だから俺は即座に見る宣言をして反論を封じたのだった。

「おい、末晴!?　なぜそんなことを言う!?」

「橙花がそういうことを言うってことは、きっと可愛い格好するんだろ？」

「ぐぐっ！」

「あの生徒会長の考えそうなことだ。となると、見ないわけにはいかないだろ？」

「ダメだ！　やめろ！」

「別にいいじゃん。友達だろ？」

「友達という言葉を都合よく使うな！」

「さっき橙花も都合よく使おうとしてたよな？」

「ぐぐぐっ！」

あの橙花がこれほど取り乱すとは、よっぽど見て欲しくないらしい。

じゃあ絶対見なきゃいけないってことだよな、と俺は心の中で思った。

「紫苑ちゃん、シロは部室にいるのか？」

俺は床に座って暇そうに待機している紫苑ちゃんに声をかけた。

部室に白草がいるのでは？　と思ったのは、群青同盟関係者は部室が控え室になっているからである。

「時間的にはそのはずですが……はっ⁉　まさか丸さん、覗きに行こうと思っているのでは？」

「だったら黙って行くわ！　いや、ただ紫苑ちゃんなら女子メンバーの様子も知っているかなと思って」

「そうですね、ここで待っていても暇なので見てきます」

「――待て」

行きかけた紫苑ちゃんの首根っこを橙花が摑んだ。

「お前そのまま消えるつもりだろう？　そうなると見つけるのが大変だ。私と一緒にリンのところへ行くぞ」

「ええ〜っ」

俺は二人のやり取りを見て、ニヤリと笑った。

「じゃ、橙花。出番、楽しみにしてるぞ」

「待て、それは――」

と言いかけて、橙花は摑んでいる紫苑ちゃんの存在に気がついた。

「くっ、説得を避けるために大良儀を利用したな――」

「さてね」

橙花は説教をし出すと長い。なので紫苑ちゃんを利用して逃げる作戦を思いついたのだった。

「末晴め、覚えていろよ……」

「わかった。橙花の出番を見逃さないようちゃんと覚えておく」

「ぐぐぐっ……」

珍しく橙花から一本を取れたことでご機嫌になった俺は、反撃される前にその場を離れた。

＊

時計の針は十七時ちょうどを指していた。

体育館特有の重い扉が金属の擦れた音を立てながらゆっくりと開いた。

「それでは開場です！　まずは受付で記名をお願いします！　パンフレットを持っていない人はテーブルの端に置いてあるので自由にお取りください！」

俺は生徒たちがぞろぞろと入ってくるのを体育館の二階から眺めていた。

体育館の二階は完全にステージの出演者しか立ち入れないことになっている。衣装に着替え終わった出演者が安心して他の人の出し物を見られるように、との配慮だった。そのため俺以外の出演者も数人上から眺めている。

会場内の飲食は自由。ただし食べ物の持ち込みは禁止。その他ゴミは指定の場所に捨てるとか、ジュースを床にこぼすと滑って危ないから気をつけろとかの注意事項は、配布されたパンフレットの裏面にびっしりと書かれている。ここは橙花(とうか)がかかわった部分なのだろうことがすぐにわかった。

俺は持っていたパンフレットに視線を落とした。

俺が知っているやつの出し物と言うと——

【二．スペシャルステージ】
・宇賀(うが)と郷戸(ごうと)によるコント
・小熊(おぐま)と那波(なば)、その他有志による歌
・アニメ研究部制作のＭＡＤ上映

くらいだろう。

どれもどんな惨劇が引き起こされるかわからない、要注意な出し物揃(ぞろ)いだ。

見たいような見たくないような複雑な気分だが、嫌な予感がするのですべて見ることにしようと決めていた。

「スーちゃん、ここにいたの」

背後から声をかけられた。

振り返ると、ロングコートを羽織った白草がいた。

「ああ、シロ――着替え終わったんだな」

「ええ」

白草はもじもじとしていた。おそらく衣装に着替えたせいで落ち着かないのだろう。

「歌は練習に付き合ったときに聞いたけどさ、衣装はまったく見てないんだよなぁ。どんな感じなんだ？」

「ここまで知らないのなら本番まで楽しみにしていて欲しいわ。こっそり先に見ようだなんてえちぃわよ？」

「うっ……やましい気持ちで言ったんじゃないって」

距離感を大切にしている分、俺は邪な行動を抑制しようと意識している。

そのことに白草は気がついたのだろう。即座に謝ってきた。

「あ、ごめんなさい。私、あえてスーちゃんの練習を見ないようにしてたの。だからスーちゃんもそうして欲しいと思って、つい……」

「それは知ってたけどさ、昨日のリハーサルも見なかったのか？」

リハのとき、俺の出番の次だから、舞台袖にいたことは覚えている。でも言われてみれば、少し離れたところにいたな。

「ええ。まあ人の練習を眺めるほどの余裕がなかったってのもあるわ。私、元々こういうのは向かないから」

俺と白草は『距離を置きたい宣言』以後、いい距離感を作れていると思う。

白草は元々生真面目だし、恋愛的な接触はほとんどなかった。好きでいてくれるのかな？と思うのも、だいたいは黒羽や真理愛が積極的に迫ってきたのをいつも怒っていたからだ。骨折したときの『あ～ん』や献身的な介護だって、自分が怪我をさせてしまったという負い目から大胆な行動に出ていただけだろう。

こうして友達としてのいい距離が保てていると、見えてくる。白草は『かつて憧れの子役だった俺が女の子にデレデレするのが嫌だっただけで、俺に特別な恋愛感情を持っていないんじゃないか』って。

寂しい気もするが、現実はそんなものだ。告白してくれた黒羽や半分告白してくれているような真理愛とは違う。もし俺が白草を選んで告白したら、黒羽や真理愛と比べて圧倒的に振られる可能性が高い――このことは肝に銘じておく必要があるだろう。

「末晴お兄ちゃ～ん！」

「――ぐはっ！」

いきなり背後からタックルを食らった。そのまま転んで、押し倒された格好になる。

こんなことをするのは一人しかいない。

「モモ！　いきなり何すんだよ！」

「え～、愛がほとばしってしまいまして」

「体勢がヤバいんだが⁉」

「クリスマスなので大丈夫です」

「クリスマスは関係ねぇだろ⁉」

真理愛（まりあ）はダッフルコートで衣装を隠していた。

ただミニスカートのためか、膝から下は素足。そんな状態で俺にマウントポジションを取っているのでダッフルコートがめくれ、細身の綺麗（きれい）な脚のラインが見えていた。

「……っ！」

つい赤面してしまったが――すぐに俺は冷静になった。

クリスマスにお小言は言いたくないが、さすがに黙ってはいられない。

「モモ、ダメだ」

俺は表情を引き締め、真理愛（まりあ）の両肩を摑（つか）んでそっとどけた。

「末晴（すえはる）お兄ちゃん……」

顔の険しさで俺が怒っていることを感じたのだろう。真理愛は抵抗せず、不安げな顔つきで離れた。

「あ、あのー、もう少し行動は慎みますので……」

「本当か？」

俺は冷たく言った。

「何度も自重して欲しいって言ってるのに、モモはクロやシロと違って全然聞いてくれないだろ？」

「そ、それは、戦略性の違いと言いますか……」

「結局は俺が勢いに負けて許すと思ってるんだよな、モモは」

「うぐっ⁉」

図星を突かれたらしい。

まあ真理愛がそう考えるのもわかる。だって俺は今まで勢いに押され、ついデレデレしてしまっていたから。

でも現実に白草はちゃんと話を聞き入れ、距離を取ってくれた。

そして、黒羽は——

三人とも俺の言葉に対する行動が違っている。反応の差が出たことで俺の理性は強く働き、いつもの『勢いで押される俺』ではなくなっていた。

「す、すみません……。これから気をつけます」

「ありがとな。わかってくれればいいんだ」

それでこの話は終わりにした。しかし拭い去れない気まずさが残ってしまっていた。

僅かにできた会話の空白。

思わず俺は周囲を確認していた。

「……志田さんが来るのはもう少し後よ」

「!?」

心を見透かされたようなセリフに俺は驚いた。

「シロ、どうしてわかった？」

「何となく」

「こわっ!?」

黒羽に行動を読まれることは多い。

しかし白草にも読まれるとは……。前向きに考えれば、仲が良くなってきた証拠とでも言えるのだろうか……。

「心を落ち着けたいから、もう少し部室にいるって。出し物が始まるころには二階に来るって言っていたわ」

「そ、そうか、そうなんだー……」

我ながら空々しい。

黒羽がこの場にいないとわかっても、どんな気持ちでいるのか気になって仕方がなかった。黒羽とは同じクラスだ。否応なくクラスメートと会話をする姿は目に入ってくるし、その際に笑顔を見ている。

そう、だからこそ、辛い。

あの笑顔が俺に向けられないことが、悲しい。

(笑顔を奪ってしまったのは俺なんだ)

そんなことを考え出すと、全身から嫌な汗が噴き出し、動悸が激しくなる。

だからつい探してしまう。

俺と黒羽は今まで何度も喧嘩をしてきた。そして仲直りをしてきた。だから何度も諦めずに話しかければ『もーっ』といつもの呆れ顔で言ってくれるのではないか、という期待が捨てきれない。

まるで禁断症状みたいだ、と思った。

ひとまず今は互いに出し物があるからそちらに全力を尽くさなければならない。でもそれが終わったら黒羽と急いで関係の修復を――と思わずにはいられなかった。

＊

気がつけば体育館は私服の生徒でごった返していた。逆にずらっと並んでいた受付付近はようやく人がいなくなり、対応にてんやわんやとなっていた生徒会メンバーは一人を残して別の仕事へと移っていた。

俺がいる体育館二階も舞台用の衣装に身を包んだ生徒たちがあちこちで談笑するようになっている。

那波もやってきて、白草の前でひざまずいた。

「可知白草……今日のオレたちの出し物、必ず見てくれ」

「……あ、そう」

あいかわらずの塩対応だ。興味がないことが一目でわかる、なかなかきつい視線が送られていた。

しかし――

「ああ、やはり可知白草は素晴らしい――」

那波は絶頂しそうなほど喜んでいた。

もうこいつはダメだな。放っておこう。

いつもセットの小熊は那波のすぐ横にいるが、キョロキョロと周囲を見回している。黒羽がいないか探しているようだ。

「マリアちゃん、マルくん、こんばんは」

今度はジョージ先輩が現れた。

「あ、ジョージ先輩、お疲れ様っす。どうしてここに？」

「いや、セッシャはコンカイ、アニケンのダしモノにアドバイザーとしてかかわっていてね」

「ああ、なるほど」

「ジツはあれね、ジッシツは〝お兄ちゃんズギルド〟でツクったものなんだ」

「……やっぱりそうでしたか」

薄々そんな気はしていた。小熊、那波が積極的に出し物に参加しているのに、ジョージ先輩だけが動かないのはおかしな感じがしていた。

「マルくんもぜひミてね！」

「ええ」

あいかわらず一番怪しい名前の〝お兄ちゃんズギルド〟だけが本人の真理愛公認なのは笑いそうになってしまう。まあ、ジョージ先輩自体がファンクラブのリーダーの中で一番危険そうに見えるにもかかわらず、一番まっとうという不思議なポジションなので、それを反映しているだけのようにも見えなくはない。

ふと、会場のほうがざわついた。

目を向けてみると、哲彦が司会台のところに現れたのが原因のようだった。

時刻は十七時三十分。


――クリスマスパーティの始まりだ。


「あ、あー」

キィイイン、とマイクにハウリングが発生して皆が顔をしかめる。

そのおかげか一気に注目が哲彦に集まった。

……哲彦のことだ。意図してハウリングを起こしたのかもしれない。

会場に流れていたＪ―ＰＯＰの音量が絞られる。

「生徒会主催クリスマスパーティへようこそ。オレが司会役を任された群青同盟リーダー、甲斐哲彦だ。今日はオレたちがおもしれー企画を用意してるから、楽しみにしてろよ。つーことでよろしく」

司会なのにため口かよ……と思ったが、それこそが哲彦らしいかもしれない。

会場の生徒たちも同じように思ったのだろう。最初は戸惑いが感じられるパラパラとした拍手を送るだけだった。

しかし――

「お前ら中途半端なことしてんじゃねぇよ！　はい、拍手！」

のっけから放った檄により、哲彦は一気に自分の領域にみんなを取り込んだ。

パチパチパチパチパチ！

大きな拍手が会場を包めば、不思議とテンションが上がる。

その勢いのまま哲彦は続けた。

「まず最初は生徒会長から開会の挨拶だ！　つまんねーだろーが、一応主催者っつーことで好きに言わせてやれ！　その間は適当に菓子でも食ってろ！」

……こいつ、真面目にやる気があるのだろうか。

ただまあお祭り騒ぎだし、変に堅苦しいよりはいいかなって感じではある。

とんでもない紹介を受けて、穂積野高校が誇るギャル会長、飯山鈴――通称マリンが舞台の中央に立った。

「はーい、みんなの会長、マリンだよーっ☆　みんな楽しんでるー？」

……凄い。哲彦の司会も随分儀礼的なものから外れていると思ったが、彼女はある意味それを超えてきた。

他の行事でのの挨拶でここまでギャルっぽくしていた記憶はないんだが、どうだったっけ？

あー、そういえば群青同盟にお礼を言いに来たとき、お礼だけはしっかりして、あとはこのくらいのチャラさだったな。彼女はきっと空気を読み、必要に応じて使い分けられるのだ。

ただちょっと凄いのは、この挨拶で場がシラケないことだ。

この子ならこういうことを言ってもおかしくないし、違和感がない――そう思わせ、しかも和ませるだけの雰囲気を持っている。まるでお笑い芸人のようだ。これはこれで凄い才能と言えるだろう。

「今日はクリスマスイブってことで、さいっっこーのパーティ用意したから期待してて☆　サプライズも盛りだくさん！　最後まで楽しんでいってね☆　以上、つまらない話を終わりまーす☆」

そう言ってマリンはピースサインでポーズを取ると、軽快な足取りで舞台を下りて行った。

（最初っから最後までチャラい感じで突き抜けていったな……）

でも今日なら許される。クリスマスイブだから。

冒頭からのこの哲彦とマリンのノリで、これが有志による気の抜けたイベントという印象が強くなった。

その後、ステージが始まるまでの間は談笑の時間となったが、二人のおかげで盛り上がっているようだ。皆パンフレットを見つつ、何が起こるのか楽しそうに語り合っている。この空気を作ることこそが哲彦(てつひこ)とマリンの狙いなのかもしれなかった。

俺も何となく楽しくなり、こっそり舞台袖に行ってみることにした。

舞台袖で出演者の管理をしている生徒会メンバーに挨拶しつつ覗(のぞ)き込(こ)むと、宇賀(うが)と郷戸(ごうと)が台本を見ていた。

自分たちだけ聞こえるような小さな声で読み合わせをしている。見るからに手が震えていて、歯がガチガチと鳴っていた。見ているこっちのほうが硬くなってしまいそうだ。

でもこの緊張感好きだな。舞台袖はこうした舞台裏のドラマが見られるからたまらない。

「あ、丸(まる)だ」

「ん？」

宇賀(うが)と郷戸(ごうと)が俺を見てきた。

この二人、俺が教室で黒羽(くろは)や白草(しろくさ)といい感じになると嫉妬の炎に身を焦がし、すぐに暴力的言動に走ろうとする、いわば俺と対立しているやつらだ。

俺を見つけたとたん、二人の震えは止まり、ギラリと目が光った。

「……丸(まる)、見てろよ」

宇賀(うが)と郷戸(ごうと)は言った。

「……ギルティ」

すげー嫌な予感がする……。

俺は丸めてズボンの後ろのポケットに突っ込んでいたパンフレットを広げた。

そうそう、二人がやるのはコントだ。普段はギャグを言って笑いを取ろうとするタイプじゃないが、元々お笑い好きだったりするのだろうか……。

そのとき、ブザー音が鳴り響いた。映画館で鳴るのと同じものだ。

会場の音楽が消えていき、同時に照明も暗くなっていく。

もちろん立食パーティ形式なので、暗くなり過ぎにはならない。しかし舞台に注目するのには十分な演出だった。

「さあ、お前らお待ちかね、今年のクリスマスパーティの本番――スペシャルステージの始まりだ！　舞台に立つのは自ら出演を希望した目立ちたがりのバカ野郎揃い！　賞賛を得るか嘲笑を買うか、たっぷり見せてもらおうじゃねぇか！」

あいかわらず哲彦はこういう役割に向いているな。うまいこと盛り上げてきやがる。

ただ問題はハードルが一気に上がったことだ。この空気感で出るの、結構きついよな……。

「さて、トップバッターは二―Bの宇賀と郷戸によるコントだ！　お前ら、拍手で迎えてやれ！」

これだけ煽られれば否が応にも拍手は巻き起こる。

大きな期待を浴びて、宇賀と郷戸は舞台の中央に設置されたマイクの前に立った。

「では……始めます」

宇賀の声が揺れている。舞台慣れしていないことは一目瞭然だった。

ごくり、と俺が唾を呑み込んだところで、宇賀は言った。

「丸末晴ギルティ発言集」

「⁉」

なん、だと……？　今、こいつ、なんて言った……？　丸末晴ギルティ発言集と聞こえた気がしたが……？

宇賀は一瞬だけ舞台袖を見た。

俺が見ているのか確認したのだ。その証拠に、目が合った瞬間、宇賀のやつはニヤリと笑いやがった……！

宇賀は視線を観客に戻し、マイクに口を近づけた。

「可知白草にあ～んをされる丸末晴」

隣にいる郷戸が身体をくねらせ、箸で何かを取って宇賀に差し出しているジェスチャーをして言った。

「はい、スーちゃん。あ～ん……」

……うん、気持ち悪い。白草の物真似はわかるのだが、さすがに本人とのギャップがひどすぎる。

それに対し、宇賀は言った。

「ちょ、シロ。さすがにそれは……」

すぐさま横の郷戸が叫んだ。

「ギルティィィィ！　美少女にあ〜んしてもらって、何が『さすがにそれは』だよ！」

「わははははっ！」

……なんだろーなー、これ。なんでウケてるんだろうなー。俺の心は冷えっ冷えなんだけどなー。

「続きまして、休み時間に桃坂真理愛がやってきたときの丸末晴」

郷戸はマイクから一歩離れると、ぴょんと宇賀に抱き着くように近づいた。

「末晴お兄ちゃ〜ん！」

「休み時間ごとに来るなよ！」

「ギルティィィィィ！　理想の妹に遊びに来られて、何怒ってんだよ！　てめぇが実は嬉しいことこっちはわかってんだ！」

「わはははっ！」

……なんでウケてるのかなー、ホント。俺は殺意が湧いてきているのになー。

しかし、だ。群青同盟はこのクリスマスパーティを盛り上げることを請け負ってるわけで、俺をダシにして盛り上がっているのであれば、ある意味仕事をしているとも言える。

（ぐぐっ、だがしかし、これは……）

などと考えていたところで、突如舞台裏に繋がる扉が勢いよく開いた。

「どいてっ！」

「ぎゃっ！」

舞台袖の管理をしている生徒会メンバーが一撃でやられた……っ！

姿を見せたのは白草だった。

鬼の形相だ。目が血走っていて、正直かかわり合いたくない。

しかしなぜ怒っているかはっきりしているので、止めないわけにはいかなかった。

「ちょ、シロ！　落ち着けって！」

「スーちゃん、どいて！　そいつら絶滅させなきゃ！」

「気持ちはわかるが……！」

白草の腕を摑んで懸命に押さえていたところへ、さらに新たな人物がやってきた。

「あのー、ちょっとよろしいでしょうか……？」

真理愛だ。表情は暗黒面に落ち、瘴気を漂わせている。

「あの人たち、潰していいですよね？」

「落ち着けモモ！」

俺は急いで真理愛の腕を摑み、制止した。

その間にも宇賀と郷戸はコントを進めている。

「続きまして、志田黒羽に匂いを嗅がれたあげく、照れてるところを冗談交じりに好きだぞって言われた丸末晴」

郷戸が手を後ろで組んだ。女の子がやれば可愛らしい仕草だが、野郎がやれば気持ち悪い以外の何物でもないポーズだ。

そのまま宇賀に鼻を近づけ、くんくんと匂いを嗅いだ。

「何、照れてるの、ハル～？　可愛いところあるじゃん？　そういうとこ、お姉ちゃん好きだよ？」

「すす、好きとか言ってんじゃねーよ。それにその背でお姉ちゃんと言われてもな」

「ギルティィイイ！　そんな羨ましいこと言われて、何言ってんだてめぇ！　殺すぞ、このボケナスが！」

「わはははっ！」

「…………」

もう白草も真理愛も制止する必要ないんじゃないかな……？　やつらにはたっぷりとお仕置きが必要だと思えてきたんだが……。

笑い声が聞こえてさして時間が経たないうちに、駆け足で迫ってくる音がした。

「今の何!?」

言わずもがな、黒羽だ。

薄い化粧と、衣装を隠すコート。こっちも悪魔が裸足で逃げ出しそうな修羅の形相だ。正直もう逃げたい。

「クロも落ち着けって！」

「ハル、何言ってるの！　ハルもバカにされてるじゃない！　かばう必要あるの？」

「それは……」

「ま、ハルがどう思おうと、あたしを抑えられる手段はなさそうだけどね」

俺は右手で白草を掴み、左手で真理愛を掴んでいる。手は三本もない。

舞台ではあいかわらず宇賀と郷戸がコントを続けていた。

「ギルティイイイイ！　嫉妬で人が殺せたらいいのにぃぃぃ！」

「わはははっ！」

「………………」

なんだかかばってる自分がバカに思えた。

俺は脱力すると、白草と真理愛から手を離した。そして激励の意味を込めて、スッと手を舞台に向けた。

そんな俺の肩を、黒羽、白草、真理愛が次々とポンッと軽く叩いていく。なぐさめてくれているようで、俺の目は潤んだ。

「はい、続きまして――ひっ！」

「うわぁぁぁぁ！」

宇賀と郷戸は絶叫した。

反応を見る限り、この展開は想定していなかったようだ。ネタにしているのは俺だから、あの三人は怒らないと思い込んでいたのかもしれない。

だがお前ら考えてみろ。物真似をされているだけでも十分屈辱ものだぞ？

誰もが『こいつら死んだな』と思ったのだろう。会場にいるスタッフ、観客、誰一人止めようとせず、視線を逸らして見ないフリをする有様だった。

「宇賀くん、郷戸くん、本番中申し訳ないけど、ちょっとこっち来てもらえる？」

「ええ、大事な話があるわ。……とても大事な話が」

「はい、この出し物はここまでです！　あ、スタッフさーん、照明落としてくださーい！」

「「ひぃぃぃぃぃ！」」

宇賀と郷戸は、三人に引きずられて舞台袖に連行されていった。

＊

しょっぱなから黒羽、白草、真理愛の乱入というアクシデントがありつつも、図太い神経で何ごともなかったかのように司会を続ける哲彦の活躍もあり、ステージは順調に進行していた。

俺は舞台袖から体育館の二階に戻ってきていた。舞台袖の空気は好きだが、出番までまだ時間があるのに居座っていては邪魔になってしまう。

そのうちに黒羽たちも二階に戻ってきていた。

宇賀と郷戸の二人は？　と思って一階を見回してみると、会場の隅にいた。二人は壁に向かって体操座りをして震えている。何があったかは……聞かないほうがいいだろう。

二階にやってきた三人はバラバラに行動していた。

黒羽はステージに出る友達と会話をしている。白草はイヤホンをつけて携帯を食い入るように見ていた。手足がピクピク動いているあたり、今日の出し物の最終確認といったところだろう。真理愛は舞台を横目で見つつ、ネットのチェックをしている。まあステージが盛り上がっている以上、大声で騒ぐわけにはいかない。たまにはこうして思い思いにしているのもいいだろう。

しかし四番手で出てきた小熊&那波コンビで空気が変わった。

「⁉」

会場の度肝を抜いたのは十人以上が舞台になだれ込んできたことだ。俺も一瞬ミュージカルでも始まるのかと思ったくらいだった。

小熊と那波が中央に立ち、マイクを持っている。その他の生徒たちは後ろで横一列に並んでいた。

「二―H、小熊(おぐま)」

「二―F、那波(なば)」

「オリジナルソング、歌います」

「曲名は『エターナルラブ』」

流れ出すメロディ。このゆったりした曲調……バラードか。オリジナルソングというだけあって確かに聞き覚えがない。

ただ……すでに曲名を聞いただけで嫌な予感しかしない……。

「ずっと君を見ていた♪　君の視界の外から♪」

……んー、思ったより、普通……？

オリジナルソングって言ってもちゃんとしたメロディだし、別に歌声も歌詞も変じゃない。

「報われなくても構わない♪　ただ君が幸せであれば♪」

問題なくAメロ、Bメロを過ぎていく。

曲は段々と盛り上がっていき、ついにサビに至った。

「「「「しーだーさぁぁぁん♪　俺たちの女神ぃぃぃぃ♪」」」」

「ぶっっっ！」

黒羽(くろは)が噴き出した。

（いたたたたたっ！）

すごっ！　全身に鳥肌が立ったんだけど！　いやこれ、寒すぎて聞いているほうが辛いんだが！

黒羽が噴き出すのは当然だ。もはやこれは拷問に近い。

元々黒羽は嫌な予感がしていたのか、顔をしかめながら見ていた。可哀そうに、完全に悪い予感が当たってしまったに違いない。

また小熊たちの性質が悪いのは、悪意がないことだろう。バックにいた連中がサビでいきなりハモリ出すあたり、全力でこの場に臨んでいるのが感じ取れる。

だがこれは……あれだ……女の子の前で格好をつけようとギターを弾いて熱唱してしまう、あの青春期特有の暴走と同じやつだ……。当然見ているほうは共感性羞恥でクソ恥ずかしいいし、歌の贈り物をされているほうはさらに恥ずかしい。

「あああぁぁぁ……あぁぁぁぁ……」

黒羽は顔を真っ赤にし、頭を抱えてうずくまった。

「ううっ、もうダメ……誰か助けて……」

精神が崩壊しかけている……。あまりの恥ずかしさに、止めに行く気力さえ湧かないらしい……。

その間にも小熊の熱唱は続き――一番が終わった。

すると二番までの間奏中、小熊は言った。

「一番は志田黒羽バージョンでした。二番は可知白草バージョンを那波が歌います」

「⁉」

ダダダッ、と背後から物凄い音がした。

ドアが勢いよく開かれ、誰かが出て行く。

あまりの速さに俺は誰が出て行ったのか視認できなかった。

どうやら顔つきを見る限り、真理愛は事情がわかっていそうだ——ということで尋ねてみた。

「モモ、今出て行ったのは……？」

「白草さんがダッシュで止めに行きました」

「ああ……やっぱりそうか……」

歌を聞いて羞恥のあまり動けなくなってしまった黒羽と違い、まだ歌を聞いていない白草は動く気力がある。間奏の間に止めなければと思ったのだろう。

数十秒後、白草は乱入して止めようとしたのだが、今回ばかりは哲彦がすでに待ち構えていた。

「取り押さえろ」

「くっ……あなたたち……絶滅させてやるんだからぁぁ！」

哲彦の指示を受けた〝ヤダ同盟〟のメンバーが立ちふさがる。さすがの白草も多勢に無勢で足止めされることになった。

その結果――

「「「「かーちーさぁぁぁん♪　もっと罵倒してくれぇぇぇぇ♪」」」」

「やめてぇぇぇぇぇぇ！」

那波をリーダーとした〝絶滅会〟の白草賛美曲が会場中に響き渡り、白草は恥ずかしさのあまり悶絶するのだった。

＊

「末晴お兄ちゃん、次はジョージ先輩の出番ですね」

「そうだな」

背後では魂の抜けた黒羽がぼんやりと座っている。白草は顔を真っ赤にしたまま持っていたプログラムを細かくちぎっていた。

先ほどの出し物で深刻なダメージを負った二人に対し、無傷の真理愛は俺の横に来て一緒に二階から舞台を見下ろしていた。

「さっきのがひどかったから、ジョージ先輩のもちょっと見るの怖いよな……」

「まあ大丈夫ですよ」

「……ん？」

楽観的すぎる口調に、俺は引っかかった。

「その口ぶり、内容を知ってるのか？」

「ええ。モモにかかわることだったので事前に許可を取りにきたんですよ」

「へー。ジョージ先輩ちゃんとしてるなぁ。さっきの小熊と那波とか、最初の宇賀と郷戸とは大違いだ」

まああいつらの場合、確信犯だろうけど。正面から許可を取りに行ったら拒絶されて出演できなかっただろうから、あえて本番まで隠していたに違いない。

「ジョージ先輩って話せば話すほど、実はまともな人ってことがわかってきまして」

「モモのことで時々興奮して暴走しかける以外はホントいい人なんだよな」

アニメやライトノベルを気軽に貸してくれるし、それでいて変な押し付けや語りはしてこない。こっちの好みを探って、その上でこういう感じだからオススメだよ、と優しく導いてくれるのだ。いやホント、当初はアニメ研究部でみんなに慕われる部長だと聞いたとき嘘だと思ったが、今は当然だろうと思うようになっていた。

「さて、お次はアニメ研究部の出し物だ！」

会場に哲彦の声が広がる。

いつの間にか舞台には巨大スクリーンが用意されていた。文化祭などで時々使われるやつだ。

舞台に現れたのは一人だけで、彼が現在のアニメ研究部の部長らしい。

ふと見ると、ジョージ先輩は映写機の横でセッティングを手伝っていた。

メガネをかけた細身のアニ研部長は、ゆっくりと語り始めた。

「えー、アニメ研究部は、アニメ研究と言っていますが、実際はエンターテインメント全般を研究しています。例えば特撮が大好きな部員は特撮の研究をしていますし、その他にも映画が好きでひたすらゾンビ映画を見ている部員や、ゲーム好き……中でもＦＰＳを徹底的にやり込んでいる部員もいます。アニメ研究部は途中入部の部員も多いので、興味がある人はいつでも声をかけてください」

アニメ研究部はこの出し物を部員募集に活用したのか。うまいなぁ。

俺がアニメ研究部の自由度の高さを知ったのは、ジョージ先輩にライトノベルを借りに行ったときのことだった。

俺は結構驚いたのだが、これは俺が部活にまったく興味がなかっただけで、わりと生徒たちには知れ渡っていることらしい。黒羽(くろは)に言ったら『ハル、一年のときにあった部活紹介で寝てたでしょ』と返されてしまったくらいだ。

「以前から僕らは、先代の部長のジョージ先輩からある依頼を受けていました。その依頼とは『せっかく有名人の桃坂真理愛(ももさかまりあ)さんが我が高校に通うようになったのだから、よく知らない人のために、彼女の出演ドラマやＣＭのいいところをまとめて一本の動画にして欲しい』というものです」

「おぉぉ！」

会場から歓声が上がった。素晴らしい配慮じゃないか。

「僕たちが作ったのはMADという、既存の動画を編集・合成し、再構成した動画です。今回、こうした最高の場所で公開できるのは幸運だと思っています。皆さん、楽しく見ていただければ幸いです」


――パチパチパチパチパチ！


拍手が巻き起こる。

今までは目立ちたがりなやつらの暴走気味な出し物が多く、それはそれで面白かったのだが、こういうのもいいな。プログラムを見る限り部活の出し物はアニメ研究部だけだったが、もっとあってもよかったなと思うほどだ。

拍手が鳴り終わると、舞台の明かりが消された。

スクリーンに映像が映される。

五秒前からのカウントダウンはいつ見ても心が躍るものだ。

『お兄ちゃん……私はお兄ちゃんにとって、理想の妹でしたか……？』

いきなり流れたセリフは真理愛(まりあ)の代表作〝理想の妹〟の有名なセリフだった。

力強い女性ヴォーカルのＲ＆Ｂが流れ始める。同時に映し出されたのは、ドラマを見た人はもちろんのこと、見たことがない人にも興味を惹くような美しい名場面の数々だ。

途中からはＣＭの動画も差し挟まれ、動画はさらに盛り上がっていく。

真理愛のいいところをなるべくたくさんの人に見てもらいたい、という制作者の思いが伝わってくるような動画だった。

いつしかみんな見惚れるようにスクリーンを眺めていた。

音楽が終わり、同時に動画も終わる。

思わずため息が漏れた。短いが、素晴らしい映画の予告編を見たような充実感があった。

照明がつく。

アニメ研究部の面々に賞賛の拍手が降り注いだ。

当然、俺も大きな拍手を送っていた。

「いや〜、よかった。懐かしいカットもあったし、少しだけど俺が知らないのもあったな」

隣にいる真理愛は人差し指を唇に当てた。

「短期間しか使われなかったＣＭや、あまり視聴率の良くなかったドラマも入っていました。ジョージ先輩の指示なのかはわかりませんが、制作した方がかなり調べてくれたのは間違いないです」

「いいもん作ってもらったな」

「ええ、あとでお礼を言っておきます。個人的にはあの動画が欲しいくらいです。……あ、群青チャンネルにアップするってのもありですね。もちろん著作権の問題をクリアするのが大前提ですが、この動画での収益はアニ研に渡すということで」

「……ありだな。群青同盟とアニ研が提携してもいいかもな。今まで編集は哲彦に任せっきりだったが、これだけの物が作れるならアニ研に依頼するのもありじゃないか？」

「ですね。またの機会に哲彦さんに聞いてみましょう」

「だな」

会場でもこのＭＡＤの評価は高いようだった。みんな今の動画についていろいろと話している。映画を見た後、一緒に見た人と盛り上がるのに似た雰囲気だ。

「いいなー、モモさん……。あたしもああいうのだったらよかったのに……」

「本当……。どうしてこんなに差がついてしまったのかしら……」

真理愛の左右を黒羽と白草が挟み、双方真理愛の肩に手をかけた。

黒羽と白草は邪気を放っているが、さすがにこれはただの嫉妬だ。頬こそ引きつっているが、二人に真理愛をどうこうしようという気がないのはすぐにわかった。

しかしそれをそれで終わらせないのが真理愛だった。

「それはたぶん、人徳の問題では？」

「はぁ？」

「今なんて言ったかしら？」

黒羽と白草の邪気に、殺意が上乗せされる。

素知らぬ顔で真理愛は言った。

「おっと、すみません。事実を言ってしまいました。聞かなかったことにしてください」

「…………」

今回、俺はまったく絡んでいない。俺が絡まなければ喧嘩をしないんじゃないかなーって思っていたら、まったくそんなことはないらしい。

キャットファイトにかかわりたくなかった俺は、そそくさとその場を逃げ出した。

（ま、時間的にちょうどいいタイミングだな）

そろそろサプライズ枠が迫ってきている。ここは俺も誰が出たり何が起こったりするか知らないから、ぜひとも見てみたい。

だが俺はまだ衣装に着替えていなかった。俺の出番はサプライズ枠の次なので、サプライズ枠を見たいならもう準備を始める必要があったのだ。

俺は部室に向かった。部室は元々体育館の第三会議室と呼ばれていた場所で、辺鄙ではあるが今回のイベントの控え室にするにはもってこいのロケーションだ。

さっさと着替えようと思い、俺は勢いよくドアを開けた。

「あっ――」

「あっ――」

そこにいたのは、見知らぬ美少女だった。

つぶらな瞳をしていて、可愛らしいのにどこか快活な感じがする。ストレートのロングヘアーは清楚感を醸し出しているだけでなく、大人っぽさも感じられてとても似合っていた。

うちの学校の生徒だろうか。これだけ可愛い子がいたら話題になるだろうから、見たことくらいあるはずなのだが。

あとプロポーションが物凄くいい。

さすがにトップアイドルのヒナちゃんみたいな日本人離れしたプロポーションだったり、すらりと手足の長い白草のようなモデル体形ではないが、愛らしく健康的な容姿に似合わぬ巨乳というギャップが物凄い。

あえてもう一度言おう。顔と胸のギャップが物凄い。

彼女は出演者なのだろうか。ウェディングドレスをモチーフとしたような衣装を着ていた。よく見ればメイクもしている。もしかしたら学校ですれ違ったことがあるが、メイクと衣装のせいで思い当たらないのかもしれなかった。

その彼女は完全に油断していたのだろう。俺が扉を開けたとき、背中のファスナーは全開、スカートもめくれていた。きっと誰もいないからはしたない格好で休んでいても構わないだろうモードだったのだ。

「あっ……あっ……」

彼女は固まっていた。

口だけが金魚のようにパクパクと動いている。混乱しているようだ。

「――ハッ⁉」

彼女は俺がつい見てしまっていた、全開の背中やさらけ出された太ももに気がついたらしい。

「っっっ～！」

一瞬で首元まで赤くすると、顔を伏せて駆け出した。

「お、おいっ！」

俺が出て行くからここにいればいいよ――と言おうとしたのだが、間に合わなかった。

彼女は俺の横を駆け抜けて行き、すぐさま廊下の角を曲がっていってしまった。

「あんな格好で大丈夫かな……」

セクシーショットが見られて得をしたという気持ちより、心配のほうが勝ってしまった。

そもそも何で俺たちの部室にいたのか謎だ。まああの油断した感じから察するに、誰もいなかったから勝手に入って休んでいたのだろう。

「あの子、何者だったんだろう……」

そもそも群青(ぐんじょう)同盟のメンバーでなければ部室を使わないはずだ。

もしかしてサプライズ枠に出る子で、こっそり哲彦(てつひこ)やマリン辺りが手配して部室に案内したのだろうか……？　それで鍵をかけ忘れていた、とか……？

何にせよちょっと気になるな。サプライズ枠、最初から見よう。

そう思い、俺は部室に置いておいた衣装に手早く着替え始めた。

＊

俺が衣装に着替えて体育館の二階に戻ると、会場は照明がついていた。いつの間にかサプライズ枠前の休憩時間になっていたようだ。

みんなおやつを食べつつ、これまでの出し物について語り合っている。聞こえてくる声に耳を澄ましてみると、アニメ研究部の真理愛（まりあ）ＭＡＤの評価が最も高いようだ。

「おや、丸（まる）くんじゃないか」

「へ？」

振り向き、思わずギョッとした。

そりゃそうだろう。出演者しかいないはずのこの場所に、阿部（あべ）先輩がいたのだから。

「何で阿部（あべ）先輩がここに？」

「生徒会関係者に知り合いがいてね。会場のほうにいるとゆっくり見られそうにないかなと思って相談したら、特別にこっそり関係者側に入れてくれたんだ」

すげー、ナチュラルでVIP扱いかよ。

まあ事実、阿部先輩が普通に会場にいたら女の子に囲まれて大変だろう。なので関係者とやらの対応は理解できるものなのだが……もやっとするものがある。

だっていやらしく言えば、『俺、モテモテだから女の子に囲まれちゃってー、ゆっくり見れないんだよー。だからちょっと会場にはいづれーなー。ちょっと関係者席用意してよー。え、いいのー？　サンキュー？』を嫌みなく行い、ここにいるのだ。いつものさわやか笑顔がまぶし過ぎて正面から見られずにいた。

「準備は万端のようだね」

阿部先輩は俺の全身を見回した。

俺は今、黒羽たちがやっているのと同様、コートで衣装を隠している。顔も多少メイクをしたので一目でわかったのだろう。

「まあ、そうっすね」

「楽しみにしてるよ」

「はぁ、ありがとうございます」

感謝の言葉に心がこもらないのはどうしても苦手意識が拭えないためだ。

「今回は何をやるのかな？」

「プログラム通り哲彦と組んで、まあ歌ったり踊ったり」

「うんうん、実に楽しみだな」

俺自身、応対がよくないことは自覚している。しかし阿部先輩はまったく気にしていないのか、笑顔のまま楽しそうに頷いていた。

俺がこの場から逃げようかどうしようか迷っていると、ブザーが鳴り響いた。

照明が落ちていく。サプライズ枠が始まるのだろう。

こうなってしまえば阿部先輩と話さなくても不自然ではない。ここ以外で舞台が見やすい場所は少ないし、別に離れる必要はないか。

そう判断した俺は手すりにもたれかかり、視線を司会台へ送った。

「お前ら待たせたな！　プログラムは第二部……『スペシャルステージ　サプライズ枠』の始まりだ！」

景気づけとばかりに哲彦が勢いよく告げる。

「ここからは『サプライズ』と銘打っているだけあって、出場者、内容、すべて伏せさせてもらってる。理由はいろいろだ。顔を出したくねぇが、出し物はやりてぇやつ。いきなり現れて驚かせてぇやつ。さぁ、このサプライズは吉と出るか、凶と出るか。お前らの目で確かめろ！」

どこかで聞いたことのあるノリだなと思ったらこれ、プロレスや総合格闘技などの実況アナウンスと同じ語り口だ。場を盛り上げるため、参考にしているに違いない。

哲彦は舞台へ手を向けた。

「サプライズ枠一番手は生徒会会長、飯山鈴！　副会長の恵須川橙花と大良儀紫苑を連れての登場だ！」

お、いきなり橙花と紫苑ちゃんが来るのか！

ありがたい。サプライズ枠の最後だと、休憩を挟んだ次が俺の出番だからゆっくり見られない可能性もあった。

「やっほ～☆　みんなの生徒会長、マリンだよ～☆　楽しんでる～☆」

「おおおぉぉぉ！」

哲彦が盛り上げた勢いを受け、ノリノリで出てきたのはギャル会長のマリンだ。

どんな感じで来るのかと思ったら、ミニスカートにフリルがたくさんついたド直球なアイドル的衣装！　武器ではないかと思うほどの長いつけ爪と白のメッシュ入りのサイドポニーが派手な衣装とかみ合っているのがなかなか面白い。歓声を聞く限り、みんなにも高評価と言っていいだろう。

こういう普段ではありえない服装って、着こなすのが難しい。またアイドル的ノリも普通の女の子がやるにはなかなかハードルが高い。

しかしマリンは哲彦ともやり合っていた小悪魔的性格。しっかりと舞台に順応しているあたり、非凡な才能を感じさせた。

マリンの横には紫苑ちゃんもいる。

この子、言動はアレだが容姿はなかなかに可愛らしい。元々メイド服が似合っていたくらいなのだ。フリフリの衣装もぶっきらぼうな表情に目をつぶれば違和感なく似合っている。

この子はサービス精神ゼロの白草大好きっ子だから、観客のほうは見ていない。キョロキョロ見回しているところを見ると、白草を探しているのだろう。

だが——

「……あれ？」

マリンと紫苑ちゃんは出てきたのに、紹介された残り一人——橙花が出てこない。

「ちょっとぉ～、とーか、何やってるの～！」

一度は舞台の真ん中に立ったマリンが舞台袖に戻る。

すると声だけが聞こえてきた。

「や、やっぱり無理だ！　こ、こんな衣装で、人前に出るなんて……っ！」

「何言ってんの～。もうここまで来たんだから諦めて☆」

「や、やめてくれ！」

「しおちんも手伝って～☆」

「しょうがありませんね……」

紫苑ちゃんもスタスタと舞台袖に戻っていく。

そして——二人に押される形で橙花が出てきた。

「や〜め〜ろ〜」

「そろそろ諦めなよ〜☆」

「本当にしょうがない人ですね……」

嫌がる橙花と、引っ張る二人。さすがの橙花も二人がかりでは力負けするらしく、ズルズルと中央へ引きずられていく。

「――いいじゃん」

俺は誰に言うわけでもなくつぶやいた。

橙花の衣装はマリンや紫苑ちゃんと色違いのもの。フリフリミニスカートの可愛らしいものだ。

確かに普段の橙花を考えればありえない衣装だろう。橙花と言えば『和風』だし、『凛としている』のだから。

でもそれはそれ。ちゃんと似合っているし、めったに見られない格好とわかるせいか、凄く貴重なものを拝ませてもらっているという気持ちが湧いてきた。

「ううう、こ、こんなの……」

中央に立たされた橙花は赤面してうつむいてしまっていた。

衣装の中でも特に気になるのはミニスカートの丈らしい。裾を懸命に押さえている。

しかしそのせいで少しおへそが見えてしまっていて、逆にセクシーになっていると思うのだが、そっちは気にならないようだった。

　マリンは橙花を逃がさないようにするためか、がっちりと腕を組んで紹介した。

「は～い、みんな～。こっちが副会長のとーか、こっちがしおちんね。三人で歌うから聞いて！　ミュージックスタート！」

　マリンが勢いで押し切ると、軽快な音楽が流れ始めた。

（あれ、この曲なんだっけ……）

　とても有名な曲だ。喉まで出かかっているのに曲名を思い出せない。

　橙花はもうここまで来ては逃げられないと観念したようだ。赤面しつつ、マリンと紫苑ちゃんに合わせて歌い始めた。

「～～♪　～～♪」

　あ、アイドルっぽい衣装だからアイドル曲を持ってくるかと思っていたら、こう来たか。

　数えきれないほどリメイクされ、何十年も前から受け継がれている学園の名がつく歌。あまりに古いため知らない人もいるかもしれないが、青春賛歌として歌い継がれてきたノリの良さは折り紙付きだ。

「～～♪　～～♪」

　曲がわかれば見ているほうもノリやすい。

　舞台近くまで行って飛び跳ねる生徒も出始めた。

サビくらいになると、段々と橙花の緊張が解けてきた。どこまでいってもちょっと恥ずかしそうだが、それはそれで可愛い。

紫苑ちゃんも結構楽しそうだ。あまり人目につかないどころか、普段は身を隠して白草を観察しているが、元々は人の陰に隠れているようなタイプじゃない。こうして皆の前で歌う姿はなかなか堂々としたもので、会場の男子生徒の中には紫苑ちゃんを指して驚いているやつもいた。

「みんな～☆　一緒に盛り上がってくれてありがとね～☆」

「イエエエイ！」

マリンの出し物は大成功だった。マリンが手を振ると、皆が大声で応える。いい盛り上がり具合だ。

一方、橙花は曲が終わるのと同時に正気に戻ったようだ。マリンの横でスカートの裾を押さえ、顔を真っ赤にしたままうつむいている。

「じゃあ、次のサプライズも楽しんでね～☆」

マリンが終わりの挨拶をしたのと同時だった。

「っ！」

橙花がダッシュで舞台袖に逃げ去っていく。一瞬誰もが驚いたが、皆、温かい視線でそれを見送った。

　さすが生徒会長といったところか。きっちり場を温めていってくれた。これで次の出演者はやりやすくなるだろう。

　そこからはさすがサプライズ枠という感じの企画が続いた。


『マイクを持ってるから歌うと思ったか!?　ちげーよ！　一―C、相場心ちゃん！　明日のクリスマス一緒に遊びに行ってくださぁぁぁぁぁい！』

『はい、覆面です。最後まで顔、出しません。ボイパ得意なんで聞いてください』

『バク転できます。……はい！　三―A、藤木多恵先輩好きです。失礼しました』

『大仏の仮面をかぶっているからと思って甘く見るなよ！　有名声優の物真似二十連発！　行つくぜぇぇぇぇぇ！』


　ガチからネタまで幅広い出し物が披露されていく。

　正直笑えるものもあれば見ているほうが辛いものもある。告白したのはいいが、思い切り振られてこっちの胃が痛くなる状況だってあった。

　でもこの勢いだからできる。それが良かった。

「さぁお次は……おーっと、次の出し物も名前は非公開だ！　どんなやつが出てくるのか！

刮目しろ！」

司会の哲彦に煽られ、一人の女の子が出てくる。

「あっ――」

俺は思わず瞬きした。

この子、俺がさっき部室で会った女の子だ。

さっきは油断した姿だった。

しかし今は違う。背中のファスナーは閉じられ、ウェディングドレスのような衣装のスカートは波打つようになびいている。

メイクもバッチリ。快活な印象の女の子だったが、リップの艶めきが色っぽくて、さらに魅力的な姿へと変貌させていた。

「誰この子……」

「可愛い……」

「え、あんな子、いたっけ……？」

「胸……しゅごい……」

誰もこの子に思い当たりがないらしい。普通、ここまでキメた女の子がいれば、クラスメートの一人や二人が騒いでもいいはず。かといって他校の生徒はこのパーティに参加できない。

これはどういうことだろうか？

彼女が中央に立つ。

普通はここで一言くらい話す。しかし彼女はスッと手を掲げただけだった。

打ち合わせてあったのだろう。曲が始まった。

「～～♪」

曲調はバラード。こうしたお祭りごとにはちょっとそぐわない、しっとりとしたメロディだ。

「ねぇもう一度呼んで　わたしの名前を　きっと響きは違うけど　最後に聞きたいから」

……聞いたことがない曲だ。どうやら失恋ソングらしい。

彼女は可愛らしい声をしていた。特別うまいとか下手とか、そういう基準で考えるよりもまず、可愛らしさが印象に残る。その可愛らしさが純粋さに繋がり、失恋の痛みをありありと表現していた。

彼女の容姿に騒いでいた男子生徒たちも、歌に魅了されたのか、いつしか舞台の上の彼女をうっとりと見つめるようになっていた。

お祭り騒ぎだからといって、ただ騒げばいいわけじゃない。これもまた舞台の魅力の一つだろう。

なぜ失恋の歌を、クリスマスパーティという場で歌おうとしたかはわからなかった。

もしかしたら失恋をして、それを吹っ切るために名乗らず歌っているのかもしれない。俺がやろうとしたみたいに、一種の復讐の可能性だってある。『綺麗な姿で歌っているのを見せつけて、振った相手を後悔させてやろう』なんてことを考えているのかもしれない。いや、その可能性が一番高いように思えてきた。

会場は今までとは違うしっとりとした空気に包まれている。それは悪い意味ではなく、バカ騒ぎの疲れが急速に癒やされていくような感じがした。

あっという間に一曲終わる。

彼女は丁寧に頭を下げると、やはり口を開かず、すぐに舞台袖へと消えていった。

「何だったんだろう、あの子……」

「誰か知らねーのかよ……あんな可愛い子、目立たねぇはずねぇだろ……」

彼女が去ったのにまだざわついている。

凄く印象に残る姿と歌だったのに、正体を誰も知らない。

あまりにも謎。それだけに気になる人が続出したようだった。

何となく喧騒に耳を澄ましていると、気になる会話が聞こえてきた。

「今の曲、俺知ってるぜ。二十年くらい前の曲で、一曲で消えたアイドルが歌ってたやつだ。あんまり売れなかったみたいだけど、結構いい曲なんだよ」

どうやら俺が知らなかっただけで、昔の曲らしい。どんな名前のアイドルが歌っていたかわかれば検索して聞いてみたかったが、夢中になっていたので歌詞の一部さえ思い出せず、情報を追えなかった。

「丸くん、そろそろ舞台袖に向かったほうがいいんじゃないのかな？」

阿部先輩が話しかけてきた。

……確かに。ちょうどいいくらいの時間だ。

「そっすね。じゃあ、失礼します」

「うん、また後で」

また後で……？

ちょっと引っかかったが、まあそんなにおかしいセリフではない。

なので俺はスルーして部室に移動し、コートを脱いでから舞台袖に向かった。

＊

彼女が舞台袖に戻ると、黒羽、白草、真理愛の三人が待っていた。

「お疲れ様」

「浅黄さん、凄くよかったわ」

「玲菜さん、可愛かったですよ」

興奮気味に声をかけてくる三人に、彼女――玲菜は八重歯を見せて苦笑いした。

「いやー、照れるっス」

「玲菜さん、今度モモと二人でユニットやっちゃいましょうか！」

「いやー、さすがにももちーとそんなことする勇気はないっスよ」

「えー、絶対可愛いし面白いのに……」

「ホント、今回のはたまたまというか、テツ先輩に脅されただけで、一回きりの青春チャレンジッス。その証拠に今になって震えてきちゃって……」

玲菜の歯がカチカチと鳴る。

真理愛はすかさず玲菜にコートをかけた。

「玲菜さん、とりあえず部室に」

「ああ、一人で行けるっス。ももちーたちはここでパイセンの本番見たいんスよね？　あっしもテツ先輩の舞台は見たいんで、ちゃちゃっと着替えて二階で見てるっス」

「ま、まあ、玲菜さんがそう言うなら……」

玲菜はニッコリ笑うと、その場を後にした。

そこまでは良かったが、通路に出ると一気に疲労が押し寄せてきた。

会場にいた生徒たちの視線や歌っている間の緊張感がよみがえってきて、終わったとわかっているのに息が荒くなってしまう。

部室にたどり着いたときには、すでに立っているのもやっとの状態だった。

「はぁ〜。やっぱりあっしはダメっスね〜……」

どうにも人から注目されるのがダメだ。緊張してすぐに消耗してしまう。

（ももちーやパイセンはよくやるっスよ……）

人前に立って、注目を浴びて、緊張するどころか普段よりも輝きだす。

自分もそういうのに憧れていたが、生来の小心者なのか、少なくとも今のところは克服できていない。

安心したせいか、一気に疲れがのしかかってきた。

玲菜は椅子に座ろうと思ったがそれさえできず、壁にもたれかかって動けなくなってしまった。

そんなとき、ノックの音がした。

「おい、玲菜。いるんだろ？」

「あー、テツ先輩っスか……。次、本番なのにこんなとこにいて大丈夫なんスか？」

「今は休憩時間だから少しなら大丈夫だ」

「部室に用があるなら入っていいっスよ。ちょっとあっしはへたり込んでるっスけど、適当にスルーして欲しいっス」

「はぁ？　どういうことだ？」

扉が開く。

次の瞬間、哲彦は床に力なく座っている玲菜を発見して駆け寄った。

「おい、大丈夫か！」

「あ、疲れてるだけなんで。もう少しこのままにしておいてもらえれば……」

「バカ、冷えるだろ。せめてもう少し暖かくしておけ」

哲彦は自分のコートを取ってきて、コートを重ね掛けにした。

「面倒かけて、すまねえっス」

「しゃーねーな。まあお前頑張ったから、今日くらいは許してやるよ」

「小心者の自分が情けないっスね。まったく、ももちーはともかく、パイセンなんか普段はあっしより小心者なところあるんスけどねぇ……。これが才能の差ってやつかもしれないっスね……」

「そんなん人と比べてもしょうがねぇだろ」

「そっスなぁ……。でも、テツ先輩には感謝してるっスよ」

「…………」

哲彦は何も言わず、目を合わさず、ただ頭を掻いている。

「無理やりやらされた感は否めないっスけどね。でもお母さんのドレスを着て、お母さんの歌を人前で歌って、緊張して出来はぶっちゃけひどいもんでしたし、お母さんに比べれば全然可愛くなかったと思うんスけど……それでも子供のころの憧れが叶ったっス。ありがとうございますっス」

「オレはパーティを少しでも盛り上げてやろうと思って、お前を巻き込んだだけだ。あとな、さっきも言ったが人と比べてもしょうがねぇだろ。オレはお前がどう思おうと、悪くなかったと思ってるが」

「へぇ～、テツ先輩がそんなこと言うなんて、雪が降るんじゃないっスか」

「冬に雪が降るのは珍しいことじゃないだろ」

「そういう話じゃないと思うんスが」

「いや、そういう話だろ」

下手くそな照れ隠しだ。らしくない。

そう思うと、玲菜は笑えてきた。

「もういい時間だな。オレはそろそろ行くわ」

「そっスね。あっしも見たいんスけど、さすがにちょっとこのまま休んでるっス」

「ま、後で映像で見りゃいいから気にすんな」

「生の良さってやつがあるじゃないっスか。だから本当は見たいんスが……」

「なら女性スタッフ見つけたらお前の介抱するように声をかけておいてやる。恵須川くらいならいるだろ」

「助かるっス。あ、それともう一つだけお願いしたいんスけど」

「何だよ」

「背中のファスナーだけ下ろしてもらっていいっスか？　これだけは自分ではどうにもならなくて」

哲彦は露骨に嫌そうな顔をした。

「お前な、そういうこと先輩に頼むなよ」

「まーまーいいじゃないっスか」

「普通こういうのは彼氏にくらいしか頼まねぇもんだぞ」

「誰にでも頼むわけじゃないっス。テツ先輩とは絶対そういう関係にならないから頼めるんスよ」

「はぁ……しゃーねーな」

玲菜は上半身を起こすと、身体をひねって背中を向けた。

哲彦が嫌々ファスナーを下ろす。

玲菜はドレスの締め付けから解放され、ホッと息を吐きだした。

「助かったっス」

「じゃあ、ゆっくりしてろよ」

「終わった後の打ち上げ、期待してるっスよ」

哲彦は口端を吊り上げた。

「わかってるって」

それだけ言って哲彦は部室を後にした。
静寂に戻った室内。
玲菜は哲彦にかけてもらったコートを抱きしめた。
「――本当に感謝してるっスよ、お兄ちゃん」
ポロッと出てしまった言葉に、玲菜はハッと顔を上げた。
そして周囲を見渡して誰も聞いていないことを確認し、ほぅと吐息を漏らした。

第四章　パーティナイト後半　～志田黒羽のやり方～

＊

体育館での盛り上がりに反比例し、外の冷え込みは一層強くなってきていた。

俺が体育館の裏手を通って舞台袖に移動する途中、ふと空を見上げると、雪がちらつき始めていた。

「どうりで寒いはずだ……」

「お、末晴。ここにいたのか」

部室のあるほうの通路から哲彦が現れた。

自然と並んで向かう。

「哲彦、さっきの謎の女の子の舞台、見てたか？」

「謎の女の子？」

「ほら、ドレス着て何も言わずバラードを歌って舞台袖に消えていった子」

「その子がどうしたんだ？」

「いや、お前なら正体知ってると思って」

「……さあな。オレは何でも知ってるわけじゃねぇし」

「んじゃ曲名とか知ってるか？　何でも二十年くらい前のアイドルの曲らしいんだが」

「そうなのか？　マイナーな曲だったんだな」

哲彦は司会っていう立場だから多くの情報を持っていると思っていたんだが、知らないのか。

「もしわかったら教えてくれよ」

「めんどくせぇからわざわざ調べねぇぞ。どうしても知りたいなら玲菜にでも依頼しとけ」

「金払ってまで調べるようなことじゃないんだけどさ……」

「その程度ってことなら、まあどうでもいいんじゃね？」

そりゃそうだが、あまりにも非協力的だ。

「……ま、あれだけ目立ってたんだ。そのうち情報入ってくるだろうし、とりあえずいっか」

「それより末晴、調子はどうなんだ？」

試すような眼差しで哲彦が聞いてきた。

「俺はいいぜ。お前は？」

「まあまあだな」

「じゃあやれるな」

「たりめーだ」

俺たちは拳をぶつけ合い、舞台袖に入った。

タイトな黒のスーツに、黒のネクタイ。真っ白なシャツ。

俺はきっちりネクタイを締めたが、哲彦は締めた後にわざと多少緩めた。

現在会場はサプライズ枠が終わったせいで照明がつき、休憩タイムに入っていた。

舞台袖を管理している生徒会メンバーに俺たちが揃ったことを告げ、曲と照明の最終確認をする。最後にヘッドマイクをつければ準備完了だ。

哲彦の代わりに司会台の前にいる生徒会長のマリンは準備完了の合図を確認すると、時計を見た。

十九時十五分。

俺は自分自身に語り掛けた。


――さぁ、出番だ。


マリンがそっと手を上げると、同時にブザーが鳴り響いた。

今まで出し物の前には前説があったのに、彼女はしなかった。

なぜしなかったのか俺は知らないが、おそらく『あえて』なのだろうと思った。

この後、俺と哲彦の出番ってことはプログラムを見ればわかることだ。十分以上に注目はされている。

ならば語るのは不要。粋じゃない。下手な行動はむしろ期待に水を差しかねない。そういう配慮なのだろう。

ブザーの音で生徒たちの会話は静まっていき、照明が落ちるころには体育館は水を打ったような静寂に包まれていた。

俺の心臓は高鳴っていた。ドクンッ、と強く鼓動を打つたび、興奮を血流に乗せて手足の先まで届けているかのようだ。

この前の大学での舞台のときにも襲ってきた、本番前の高揚。

やはりこの感じはたまらない。

俺と哲彦は暗闇になったことを感じ取ると、足音を殺して舞台へと向かった。

真っ暗でも俺たちが正確に移動できるのはバミってあるからだ。

『バミる』とは業界用語でバミテープが貼ってあること。元々の語源は『場見る』から来ているらしい。

現在、俺の視界からは暗闇で発光するテープが見える。角度的に観客からは見えないはずだ。この光っている場所が俺と哲彦の立ち位置を示していて、奥が哲彦、手前が俺だ。

漆黒の空間から息遣いが聞こえる。

目に見えぬ、痛いほどの期待と興味が俺の肌を刺す。

――やっぱり舞台はたまらない。

ここから先は人を楽しませるための非日常な世界。俺にとって舞台は、普段の自分を脱ぎ捨て、ヒーローとなることを許されている場のような気がしてならない。

心のスイッチを押す。

さぁ、ここから俺は数分だけのヒーローだ。

そして音楽が響き始めた。

「♪～～」

最初はゆったりとした入り。しかしキレのいいリズムがこれからの期待感をあおる。

かつて世界を席巻したブラックミュージックのダンスナンバー。それをリスペクトして作られたものだと哲彦は言っていた。

演出として、前奏の間は照明をつけない。視界が利かない中で音楽に集中させる狙いだ。

そして会場中にはち切れんばかりの期待感が膨らんだところで、一気に光が舞台に降り注いだ。

「Screw you!　I want to be free!」

直訳すると『くたばれ！　俺は自由になりたいんだ！』という意味らしい。

この曲、リスペクト元が洋楽なだけあって、歌詞は全部英語だ。

ポイントは一瞬のキレ。静と動、その緩急にある。

一定のリズムではないだけに当然合わせるのは難しい。

しかしリズムと踊りが合わさるからこそカッコよく見えるのだ。ズレていたら振り付けやダンスの技量がいかに素晴らしくても、未熟さばかりが感じられて落胆を買うことだろう。

だから――

俺と哲彦は一瞬で視線を交わし合い、タイミングを微調整した。

――決める！

「おいおい、あのスピードでタイミング合うのかよ⁉」
「すげー、キレッキレすぎて笑えてくる！」
「やっぱあの二人、素人レベルじゃねぇよ」
「一つ一つのポーズがカッコいいな！」
「黒スーツよくない⁉　完全に好みなんだけど⁉」
「悔しいけど甲斐くんのジャケットが舞う感じ、見惚れちゃう……」
「わたしはぴっちり着こなしてる丸くんのほうが好みかな！」

会場の驚きと喜びが肌に感じられる。

それを受けて全身に力が満ちていく気がした。

（――行ける！）

調子がいい。哲彦とのタイミングも合っている。

哲彦と舞台に立つなんて初めてだからどうなることかと思っていたが、さすがと言うべきか。本番のプレッシャーに負けず……いや、練習以上の力を哲彦は発揮している。

口で言うのは簡単だが、かなりの場数を踏んでいなければなかなかできないことだ。あいかわらず哲彦は無駄に才能に溢れている。

二人の踊りを合わせると言っても、一曲を通してそうするのは難易度が高過ぎる。ということで一緒に踊ったのは摑みの部分だけ。その後は交互にダンスのメインを張る構成となっていた。

この辺はミュージカルの構成を参考にしているらしい。実際この曲の歌詞は、鬱屈した大人がクラブにやってきて、主導権を奪い合うという内容だ。

「いいぞーっ！」

「もっとやれ！」

振り付けで歌詞の内容がわかるためか、生徒たちのノリが変わってきた。スポーツ観戦のときのようなやんややんやといった感じだ。

順調に一番が終わり、間奏となる。

――そのとき、異変が起こった。

「「!?」」

「おおおおぉぉぉぉ！」

「え、嘘、マジ!?」

「これって仕込み!?　プログラムに書いてなかったよね!?」

驚いたのは生徒たちだけじゃない……俺もだ。

しかもさらに驚くべきは、哲彦でさえも目を見開いて驚愕を隠し切れていない。

ならばこれは完全なサプライズということだ。

——阿部先輩が乱入してきたのは。

「キャアアア！　阿部先ぱぁぁい！」

「スーツ似合いすぎぃぃぃ！」

「私もうダメ……過呼吸になりそう……」

響き渡る黄色い声援。

我が高のアイドル、阿部先輩が舞台に飛び出してきていた。

服装は黒のスーツに黒のネクタイ。俺たちとお揃いだ。

（ということは、完全に計画的だ……。どこで情報が漏れたんだ……？）

俺が苦い顔で様子をうかがうと、阿部先輩は不敵な笑みを浮かべていた。

それで理解した。


――これ、告白祭のときの意趣返しなんだ、って。


ああ、だからか！

だからさっき『また後で』なんて言ったのか！

くそっ、あれが伏線だったのかよ！

（こりゃ負けらんねーな……）

俺が哲彦にアイコンタクトを送ると、哲彦は頷いた。

（――行くぞ！）

二番の始まりは哲彦と一緒に踊るポイントだ。

気合いを入れて俺と哲彦は並んで踊りだしたのだが――阿部先輩が俺たちの斜め前方に立ち、まったく同じ踊りを始めた。

「っっっ！」

この立ち位置――まるで阿部先輩が俺たちを従えているようだ。これじゃ俺たちが阿部先輩のバックダンサーみたいに見えるじゃないか……。

（くそっ、ポジショニング一つで完全においしいところを奪われちまった！）

しかも何だよ……やっぱり歌もうめーし！　この人、大学が決まって暇だからかなり練習してきやがったな！　こういうところが苦手なんだよ！

俺たちの情報が漏れたのは誰からだろうか。

今の反応を見る限り哲彦じゃない。となると関係性からして白草あたりが有力か。俺たちが練習した動画は厳重に管理していたわけじゃないから、玲菜にでも見たいと言えば簡単に手に入っただろう。

「すげーっ！」

「この三人が揃うなんてもうないんじゃね⁉」

「動画欲しい！」

俺と哲彦が焦っているのに対し、見ている人たちには大好評だ。

俺と哲彦は阿部先輩を懸命に振り切ろうとするが、阿部先輩はきっちり仕上げていて、負けずについてくる。

俺たちが競い、ぶつかり合うほどに観客は盛り上がり――そのまま曲は終わりを告げた。

「はぁ……はぁ……」

息を切らしつつ決めポーズで静止した俺たちに降り注いだのは、鼓膜が張り裂けそうなほどの歓声だった。

「すげぇぇぇぇぇぇぇ！」

「よかったぞ～！」

「阿部先輩カッコいいっっ！」

「丸くんと甲斐くん、動揺してたよね。ということは、これって阿部先輩のリベンジ？」

「きっとそうだよ！」

「いい勝負だったよね！」

俺と哲彦がげんなりしながら阿部先輩をにらみつけているのだが、阿部先輩はいつものさわやかスマイルで観客に手を振っていて、こちらを見ようともしない。

「「はぁ～」」

歌やダンスで負けたつもりはない。そもそも今回の出来事に勝ちや負けなんてないと言えるだろう。

だがしかし俺たちは敗北感でいっぱいとなっていた。

「いや～、悪かったね二人とも」

舞台袖に戻るなり、がっくりと肩を落としている俺たちに阿部先輩はそう話しかけてきた。

表情はニッコニコ。まあいつもニコニコなんだが、今は完全にしてやったりの笑みだ。

「そういうこと、思ってないなら言わないほうがいいっすよ？　ムカつくだけなんで」

哲彦が悪態をつくと、阿部先輩はいやぁとつぶやいて頭を掻いた。

「やっぱりそうかな？　正直悪いというより、おいしい役回りだったなぁって気持ちのほうが強くてね。今回ばかりは僕の企画勝ちかな」

「……どういう手はずだったんです？」

哲彦は目を細めた。

「君たちが生徒会の依頼でパーティを盛り上げることは全校生徒が知っていることだろう？　それでこの案を思いついたわけなんだけど、曲とダンスは白草ちゃんから入手させてもらったんだ」

「くっ、やっぱり可知からか……」

「あと会長の飯山さんには了解を取ってあるよ。曲の途中で取り押さえられたら台無しだからね」

「マリンまで……。後で覚えてろよ……」

ホント哲彦にとって、マリンと阿部先輩は天敵なんだな。ま、俺にとっても阿部先輩はなるべく避けたい人ではあるけど。

おいしいところを邪魔された俺は、嫌みの一つでも言ってやりたくなり、ため息をついた。

「阿部先輩、ほんっといい性格してますね。まあ考えてみれば告白祭のリベンジには最高のタイミングだったんで、この展開を読めなかった自分が迂闊でした」

阿部先輩は目を丸くし、何度か瞬きした。

「ん？　リベンジ？　そんなこと考えもしなかったけど？」

「「はぁ？」」

俺と哲彦は同時に口をポカンと開けた。

「いやだって、リベンジって言われても……。告白祭の丸くんの乱入って、僕にとってはむしろ計画通りだし。復讐しようにも、憎んでないから復讐のしようがないって言うか……」

「え、じゃあどうして……？」

俺がおずおずと尋ねると、阿部先輩は今日一番のスマイルを見せた。

「――君たちと共演したかったからに決まっているだろう？」

「「うっ――」」

俺と哲彦は喉を詰まらせた。

やっぱりこの人、光属性が強すぎて苦手だ……。

「ねぇ、甲斐くん。今日の舞台、当然動画で撮っているだろう？　やっぱりWetubeに上げるのかな？　それはもちろんダウンロードさせてもらうけど、編集をしているだろうから、よければノーカットバージョンを譲ってくれないかな……？　もし複数のカメラで撮ってるなら、できればすべて欲しいんだけど……」

「……高いっすよ？」

「じゃあ白草ちゃんたちの舞台を見つつ、値段交渉をしようか」

哲彦がうんざり顔で脱力する。

お前の気持ちよくわかるぞ、哲彦。

俺もやっぱり阿部先輩が苦手だ。

＊

照明が落とされた会場に期待が充満している。早く次の出し物が始まらないかと待ちわびるざわめきが広がっている。

そう、次はクリスマスパーティのメインイベント――黒羽、白草、真理愛の三人によるステージだ。

これを見るためにパーティへやってきた生徒も多いだろう。かくいう俺もこれを一番楽しみにしていた。

「ハル……」

「スーちゃん……」

「末晴お兄ちゃん……」

哲彦と阿部先輩が舞台袖から離れるのと入れ替わりに三人が声をかけてきた。

三人は俺と哲彦が阿部先輩と話しているときから舞台袖にいる。俺たちが会話していたので入ってこなかったのと、自分たちの準備――コートを脱ぎ、メイクの最終確認、出るタイミングの打ち合わせなどがあったためだ。

しかし今、準備は完了。あとは舞台に上がるだけになっていた。

そんな三人の衣装は――

「シロ、お前、嫌がっていたんじゃ……」

ミニスカサンタだった。

『ミニスカサンタなるえちぃ衣装については詳細な説明を聞きたいのだけれど……』と抵抗を示していたのに――どうして？

さすがに寒いためか、生脚ではない。ニーハイソックスだ。だが絶対領域がまぶしく艶めかしい。むしろニーハイソックスにしてくれてありがとうと伝えたいくらいだ。

「こ、これは……飯山会長に説得されて……っ！」

「マリン先輩、口がうまいですよね。『この衣装じゃないとクリスマスらしさが伝わらない』とか、『あなたたちの美脚なら大丈夫』とか、『クリスマスなんだし、男子たちの夢を叶えてあげて』とか……」

「リンちゃん、人にやらせるだけじゃなくて自分の身も切るから抵抗しづらいんだよね」

黒羽が言う『マリンの自分の身を切った行動』とは、『フリフリのアイドル衣装で舞台に立った』ことだろう。あれもまたミニスカートだった。

黒羽たちが今着ているミニスカサンタと、マリンたちが着ていたアイドル衣装。客観的に見比べれば、クリスマスだからという大義名分がない分だけアイドル衣装のほうが恥ずかしいとも言える。

たぶんその認識が黒羽たちにもあり、会長自らそこまでやる姿を見せられては自分たちも断れない――ということで頷かざるを得なかったのだろう。

「マリン、いい仕事するな……」

ギャルながらさすが会長になった逸材だ……。

哲彦が三人にミニスカサンタの衣装を着せようとすれば大激怒するのは間違いなし。下手すりゃセクハラだと言われ、今後哲彦の立場が危ういことにもなりかねない。

彼女は哲彦ができないことを見事成し遂げたのだ。その手腕には惜しみない賞賛が送られるべきだろう。

「ハル……視線に邪なものを感じるんだけど……」

「うっ――」

黒羽ににらまれ、俺はのけぞった。

「スーちゃん、その、そういうのはちょっと……」

白草が内股を閉じてもじもじしている。

ぶっちゃけそういう仕草こそ『えちぃ』と思うんだよな、俺は。

「まったく末晴お兄ちゃんは……二人きりのときなら、モモだって考えがあるのに……」

真理愛は頬を赤らめて何やらブツブツつぶやきつつ、波打つ髪を指にくるくると巻いていた。

……これは空気を変えなければならないだろう。

「みんな、舞台楽しみにしてるからな！」

俺は拳を握って激励した。

三人の表情が変わる。これから舞台に立つことを思い出してくれたらしい。

「スーちゃん、さっきの歌とダンスよかったわ。私も頑張るから応援していて」

「ありがと。もちろん応援してるぞ」

白草は多少緊張しているようだ。

でも沖縄撮影旅行のときに見せた、後ろ向きな感じはない。

きっと今まで練習してきたことに自信があるのだ。手先が震えているものの瞳は前を向いている。

「末晴お兄ちゃん、ここでモモのこと見ていてくださいね」

「わかった。期待してるぞ」

「先ほどの末晴お兄ちゃんの舞台には負けませんよ？」

そう言って真理愛はウインクをした。

可愛らしさの中に見える、あふれる自信。この圧倒的な頼もしさはいかにも真理愛らしい。

「ハル……」

「クロ……」

俺は黒羽を見つめたまま固まってしまった。

黒羽とは〝おさかの〟が終了した後、ずっと冷めたやり取りが続いている。

喧嘩しているとか、冷戦みたいだとかでもない。倦怠期に入ってしまった夫婦が、毎日顔を合わせるのに事務的なことだけしか話さないような……そんなもっとも寂しいやり取りだ。

もちろん俺自身、黒羽への気持ちは変わっていない。ただいったん冷静にならなければと思って距離を取ったらこうなってしまっただけだ。

だからわからない。なんて声をかければいいか。

俺が戸惑っていると、黒羽はゆっくりと口を開いた。

「ハル――また後で」

「え？　あ、ああ……」

違和感のあるセリフだった。先ほどの阿部先輩の一件があるだけに、とんでもない伏線に聞こえてならない。

だが阿部先輩に虚を突かれたから敏感になっているだけだろう。きっと終わったら一緒に帰ろうとかに違いない。

（今日はクリスマスイブ。黒羽と一緒に帰り、パーティのことを話すことで仲直りのきっかけになればいいんだけどな……）

　司会台がスポットライトで照らされた。

「お前ら待たせたな！　オレが司会に復帰だ！」

　マイク片手に哲彦の登場だ。いつの間にか司会台に戻っていたらしい。服は先ほど踊った黒スーツのまま。まるで舞台から役者が観客席に下りてきたような感じだ。そのせいか女子生徒から黄色い歓声が上がった。

「さあさあお待ちかね、次はメインイベント、群青同盟女子メンバーによるクリスマス特別ステージだ！　言っておくがな、群青同盟にはこのメンバーでライブをやって欲しいって依頼が以前からわんさか来てるんだぜ！　だが今まで彼女たちは首を縦に振らなかった！」

　元々黒羽、白草、真理愛はアイドル的な活動が好きじゃない。そのため何度哲彦が企画を持ってきても断り続けていた。

「ただ今日は別だ！　生徒会から依頼があったこと、オレと末晴も舞台に立つこと、この二つを理由に了承してくれた！　大金はたいても見られない生ライブだ！　じっくり拝んでおけよ！」

「おおおおぉぉぉぉぉぉ！」

　会場の熱気が一気に跳ね上がる。ボルテージは最高潮だ。

「さあ、うちの看板娘たちの登場だ！　志田黒羽！　可知白草！　桃坂真理愛！　あとは頼んだぜ！」

万雷の拍手を浴びて、ミニスカサンタの格好をした三人が舞台に現れる。

その瞬間、ドッと男子生徒が沸いた。

「うおおおおおおぉぉぉぉぉ！」

「今日来て……よかった……」

「ありがとうございます！　ありがとうございます！」

「しまった！　俺、トナカイの衣装で来ればよかった！　そうしたらもしかしたら乗ってもらえたかもしれないのに！」

最後のやつ、お前は何を言っているんだ。危険人物だから覚えておいたぞ。あの三人に変なことしたらタダじゃおかねぇからな。

「こんばんは、志田黒羽です」

「か、可知白草です」

「桃坂真理愛です☆」

三人の軽い自己紹介。これだけでも性格が出ている。

黒羽は多少緊張が見えるが、自然体。

白草はガッチガチで顔がこわばっている。ちょっと怖く見えるくらいだ。

逆に真理愛(まりあ)はぶりっ子。余裕がありすぎてわざとらしさを感じるほどだ。

だがまあたいした問題じゃない。これほどの美少女たちがミニスカサンタというクリスマスらしい格好をして現れてくれただけでもう楽しい。

「ユニット名はなんですか！」

いきなりの質問が飛んだ。女の子の声だ。

「「「⁉」」」

思わぬハプニングだ。見るからに三人は動揺していた。

「私は！」

先ほど質問をぶつけた女の子が続ける。

「『アズライト』って名前がいいと思います！　群青色(ぐんじょういろ)の顔料として使われてきた鉱石の名前です！　どうでしょうか！」

「おおおぉぉぉ！」

アグレッシブだな、この子！　正直、直接関係ない俺でもハラハラして鼓動が激しくなってしまっている。

でもその熱意と愛情は十分に伝わってきていた。この女子生徒は、沖縄(おきなわ)で撮影したアイドル的PVを見て、黒羽(くろは)たちのファンになったのに違いない。

彼女は黒羽(くろは)たちのユニット名がないことを残念がり、ならばと思って自分なりのものを考えてきたのだろう。言動や雰囲気でそれが十分にわかった。

『アズライト』というユニット名も一生懸命考えてきたのがわかる。みんなに受け入れてもらえそうなものをと、群青同盟にちなんだ名称を悩んでくれたのだろう。

黒羽たちは司会台の前にいる哲彦を見た。どうしよう、といった感じだ。

「えー、今の提案、例えばその名前が既存のアイドルと被ってないかとか、調べなきゃいけないからここでオッケーとは言えないが――」

哲彦は力強く頷いた。

「ありがとう。真剣に考えさせてもらう。群青同盟のリーダーとして候補の一つに入れると約束しよう」

「こちらこそありがとうございます！」

おおっ、哲彦いいところあるじゃないか。この場でオッケーが出せないのは無理ないし、いい判断だろう。

「じゃあオレからは以上だ。再び舞台に注目してくれ！」

この場にいる者の視線が一斉にステージに向いた。

注目を浴び、黒羽が戸惑っている。横にいる白草が肘で小突いたところを見ると、黒羽が話す場面なのだろうが、このハプニングだ。どう軌道修正をするか悩んでいるらしい。

黒羽は一度ゆっくりと深呼吸をしてから語り始めた。

「では改めまして、今日はあたしたちのステージを見に来てくださってありがとうございます。このステージが決まってからというもの、あたしはいつも憂鬱で、正直なところ中止にならないかなってさっきまで思っていました」

ドッと笑いが会場から上がった。

そんなこと思わないでーっ！　って声が上がり、また笑い声が広がった。

「でもさっきのユニット名の提案をもらって、あたしたち、凄く期待されているんだ、楽しみにしてくれていた人がたくさんいるんだって実感しました。それなら舞台に上がったんだし、練習してきたものを全部出して、みんなに楽しんでもらいたいなって……ね？」

黒羽が横を見る。

白草はヘッドマイクを口元に近づけ、ええ、とつぶやいた。真理愛もはい、と笑って頷く。

こういう普段の関係が見える舞台での会話、好きだな。

「よければ二番のサビから、あたしたちと一緒に踊ってください。とても簡単な振り付けですので。……では、そろそろ始めようと思います。つたないところがあるとは思いますが、一緒に楽しめたら嬉しいです。曲名は――『パーティナイト』」

三人がお辞儀をすると、拍手が鳴り響き――イントロが流れ始めた。

ゆったりとしたバラード。しかし先ほどのサプライズ枠の少女が歌った失恋ソングとはまったく雰囲気が違い、楽しげなリズムだ。

「今日はクリスマス♪　ほらこっちへおいで♪　みんなすべてを忘れ♪　一緒に歌って楽しもう♪」

総一郎さんが持ってきたこのクリスマスソングは、クリスマスの楽しさが表現されている。

クリスマスソングと言うと、結構恋愛が絡んだものも多い。

でもこの曲は恋愛色も宗教色もゼロ。ただクリスマスを楽しもうって歌詞だ。

黒羽たちの振り付けはとても可愛らしくてシンプルだ。その場でステップを踏みつつ、簡単な手ぶりをするだけ。これならすぐに覚えられ、二番から一緒に踊れるだろう。

（みんなで一緒に踊ることで一体感を盛り上げるっていうのは、誰のアイデアだろう……）

ふと、そんなことを思った。

哲彦は確か黒羽たちの企画にはかかわってなかった気がする。

ま、誰でもいいか。

誰の発案であっても、三人で話し合い、三人でそれがいいと決めたのだ。ならば三人の目指した方向性がこのシンプルな振り付けと、場の一体感だと考えるのが自然だ。

小学生のときと違って、高校生にもなれば年中行事を楽しむ機会が激減してくる。ひな祭りや七夕なんかは、中学校に上がったくらいから暦やニュースで『ああそうか』と思うだけになっていた。

もう子供会に行く必要もなく、学校でイベントをやってくれることもない。

そのためクリスマスも小さなころに比べればあまり堪能できなくなっていた。街中でクリスマスソングを耳にするのがもっともクリスマスを感じられるもので、去年までなら黒羽の家でケーキを食べるのが精いっぱい。まあ黒羽の家は去年まで小学生がいたので小さいながらもツリーを飾って置いていたが、今年はどうなるのだろうかといった感じだ。

でも今年は違う。

「今日はクリスマス♪　ほらこっちへおいで♪　みんなすべてを忘れ♪　一緒に歌って楽しもう♪」

こんなにクリスマスらしい一日はいつぶりだろうか。みんなでクリスマスの歌を聞き、一緒に同じ手ぶりをして踊る。これが何だかとても懐かしい。

今、この瞬間、今日はとてもいいクリスマスイブだ、と実感した。

三人のステージはあっという間だった。

「あの、短いステージですが、ありがとうございました！」

黒羽が代表して言うと、三人揃って頭を下げた。

しかしそのとき――

「アンコール！　アンコール！」

そんな声が上がった。

一度火がついてしまえば一気だった。アンコールの声はたちまち広がっていき、いつしか会場中に木霊していた。

「あ、あの、アンコール曲とか用意してなくて、その……」

動揺する黒羽の言葉を、哲彦が遮った。

「じゃあもう一回同じ曲を歌ってくれ！　時間も大丈夫なこと、今、確認を取った！　よろしく頼む！」

「おおおおおぉぉぉぉ！」

こういうときの哲彦は実にうまい。ちゃんと空気を読んでいる。

黒羽たちは顔を見合わせると、ため息混じりに肩をすくめ合った。

しかしすぐに笑顔を浮かべて頷くと、黒羽が口を開いた。

「わかりました。ではもう一回歌います。もし一緒に歌える人や踊れる人がいれば、ぜひ一緒にお願いします」

こうして会場にまた曲が流れ始めた。

きっとみんな、もう少しこの夢のような時間の中にいたかったんだと思う。


――これがクリスマスだ。

漠然と記憶の底にはクリスマスの温かさと楽しさが刻まれている。

そんな懐かしい記憶が掘り起こされ、皆、笑顔になっている。

とても優しい時間を、俺たちは時を惜しむように過ごした。

＊

黒羽、白草、真理愛が歌い終えてお辞儀をすると、生徒たちは大きな拍手を送った。

ドッと沸くとか、派手な拍手とか、そういう感じではない。

楽しいひとときをありがとうと言っているかのような拍手だった。

「ではこの勢いのまま『特別企画』に移らせてもらう。三人は舞台のままで」

俺は舞台袖で三人を絶賛しようと待ち構えていたため、肩透かしを食らった気分になった。

(そういえばそういうプログラムだったな……)

確か『特別企画！　中身は内緒！』とか書いてあったやつだ。誰がどう考えても黒羽たちの様子をうかがっていると、突如哲彦がマイク越しに声を張り上げた。

ステージがピークなのに、締めとして何をやろうというのだろうか。

「末晴！　舞台袖にいるんだろ！　舞台に出てこい！」

「はぁ⁉」

いきなりの呼び出しに面食らってしまった。

（哲彦のやつ、何を考えているんだ……？）

嫌な予感がした。しかし――そっと幕の隙間から会場を眺めてみると、生徒たちは何がはじまるのかと期待満々の顔で待ち構えていた。

先ほどまで俺と哲彦の演目、黒羽たちの演目、連続して会場を盛り上げてきた。その熱が残っているのだ。

「おい、丸！　出てこいよ！」

「ご指名だぞ！」

じれてきた会場から声が上がった。

ぐぐっ、こういうムードになってしまうと、さすがに抗うことは難しい……。覚悟を決めて出て行くしかないか……。

俺は深呼吸をすると、舞台に向かった。

軽く手を振ってみる。無理やり舞台に上げられたので、頰は引きつってしまっていた。

「待たせてんじゃねぇぞ！」

「あ、黒スーツのままだ！」

「やっぱカッコいい！」

「調子に乗るなよ！」

「阿部先輩はー？」

歓迎と罵倒が入り混じった声のうち、罵倒だけをスルーしつつ、俺は黒羽たち三人と向かい合うような立ち位置に移動した。

哲彦はそこでいったん言葉を止め、司会台に置いてあった……手紙、だろうか……を高々と掲げた。

「えー、今回の『特別企画』の内容だが――」

「この手紙を読ませてもらう。お前ら、しかと聞いてくれ」

手紙、か……。

大勢の前で読む手紙と言うと、小さなころに無理やり連れていかれたおばさんの結婚式を思い出す。あの恒例の、お父さんお母さん今までありがとうってやつだ。

しかしこのメンバー相手に手紙、か。群青同盟へのファンレターとかだろうか？

「『志田黒羽、可知白草、桃坂真理愛様へ。俺は以前から、あなたたちをずっと見てきました。そしてそのたびに胸を熱くしてきました』」

ここで哲彦は『ヒュ～』と口笛を吹いた。

「お前らわかったか？　――ラブレターだ」

「おおおぉぉぉぉぉ！」

一気に会場のボルテージは再び最高潮だ。

哲彦が唇に人差し指を当てる。静かにしろのジェスチャーだ。

それを見た生徒たちは段々と黙っていった。

頃合いを見計らい、哲彦が続ける。

「『でも、俺には悩みがあります。三人が魅力的過ぎるってことです』」

会場がドッと沸いた。

「『三人が三人とも魅力的過ぎるので、みんな好きで誰か一人を選べない……っ！　これは大問題です』」

ここまで読み上げると、意外に反応は悪くない。

共感したのか、うんうんと頷いている生徒もいる。『俺も志田ちゃん推しだけど、実はあの二人も――』みたいなつぶやきも聞こえた。

「『クロはいつも優しく、お姉さんぶってくるけど、小さくて可愛らしいだけにギャップが最高です。またいろいろ世話を焼いてくれるので、頭が上がりません。シロはクールな感じが魅力的で、自分にだけ笑顔を向けてくれたりすると、どうしようもなく心が弾んでしまいます』」

「……ん？」

何だこれ。黒羽を『クロ』、白草を『シロ』と呼ぶなんて、俺しかいない気がするんだが
……何だろうな……。

「『そしてモモはいつも愛らしく、まさに理想の妹で、俺は積極的にアプローチされると冷たくあしらう素振りをしつつも、実は内心ドキドキです』」

「ん、んんん……？」

　あ、あのー、何だろう……既視感があるというか……最近俺が頭の中で考えていたようなことが読まれている感じがするんだけど……。

「『悩んで、悩んで……でも、結論が出ませんでした。なぜなら三人が魅力的過ぎるからです。ならば三人とも愛せばいいじゃないか！　と俺は気がつきました！』」

「何だとぉ！」

「何言ってやがんだこいつ！」

　罵声が飛び交う。

　まあまあと言わんばかりに哲彦（てつひこ）は手を掲げてなだめ、続けた。

「『なので俺は覚悟を決め、三人全員に告白することに決めました！　クロ！　シロ！　モモ！　三人とも大好きだ！　付き合ってくれ！　……以上──丸末晴（まるすえはる）！』」

「俺かよ⁉」

　思わず突っ込んでしまった。いや、突っ込まざるを得なかった。

　だって内容に心当たりがないかと言えば……まああるんだけれども……さすがにこんなラブレターは書いていない！　どれだけ俺の心を見透かしていようと、それだけは断じて言える！

　特に『三人とも付き合ってくれ──』はない。だってそんな横暴で無責任なことは言えないから、嫌われるリスクすら冒して距離を取り、冷静になって考えようとしているんだ。

だが哲彦は『丸末晴』と読み上げた。流れから言って手紙を俺が書いていない可能性に気がつく生徒も多数いるだろうが、少なくともこの場は俺が書いたことにされ、話が進んでしまう。

（――チィッ、嵌められた……っ！）

完全に不意打ちだった。

いくら盛り上がればもよしのクリスマスパーティとはいえ、まさかこんな大勢の前でぶっこんでくるとは……。

犯人は一人しかいない――

（くそっ、哲彦の野郎……っ！）

狙いはよくわからないが、どうせ俺たちの関係をかき回すためのいたずらとかだろう。

否定しなければ。でないととんでもないことになってしまう。

「てめっ、哲彦！　これは――」

「――押さえろ！」

俺が叫ぶより早く哲彦の指示が飛んだ。

背後から飛びかかってきたのは舞台袖にいた生徒会メンバーだ。しかも助っ人を呼んだのか、屈強な体育会系男子を三人くらい連れている。

おかげで俺はあっという間に組み伏せられ、おまけに口をハンカチで塞がれるという、完全に犯罪者として捕らえられたのと同じ状況となってしまった。

「えー、末晴はこの期に及んで容疑を認めない模様なので、進行を邪魔すると判断し、取り押さえることにした。安心してくれ、このイベントが終わったらちゃんと解放する」

「む～っ！　む～っっ！」

俺は抵抗したが、おもちゃの手錠までかけられてしまっている。そのせいで猿ぐつわすら外せない。

「いいぞいいぞ！」

「よくやった！」

「何ならそのまま俺に渡してくれ！　とっちめてやる！」

俺って……俺って……くううぅぅぅぅぅ！

てめぇら後で覚えてやがれ！　絶対お返ししてやるからな！

その間にも哲彦は進めていた。今度は黒羽たちに語り掛ける。

「さあ、衝撃的な告白を受けた三人！　どう回答するか！　要注目だ！　効果音スタート！」

ドルルルルル――とドラムロールが鳴り響く。

あれだ、よくクイズ番組とかで使われる『さあ正解は！』などと言いながら場を盛り上げ、引っ張るときに使う効果音だ。

あー、もうここまで来ると俺は抵抗できない。なすがままにされるだけだ。

俺が恐ろしかったのは、先ほどの手紙――今の俺の気持ちと大差がないってことだった。

違うのは三人同時に付き合って欲しい、というくだりだけだ。その前の、三人とも魅力的で惹かれてしまった挙げ句思い悩んでいるという部分は俺の心境そのままと言っていい。

つまり俺の気持ちがステージ上で発表されてしまったと言ってもいい状況だった。

黒羽たちはどういう気持ちで聞いたのだろうか。この企画自体を知っていたのだろうか。

（……ここは知らなかったと仮定しよう）

そう考えると、黒羽も、白草も、真理愛も、ある意味『俺から告白を受けた』と言ってもいい。もちろん三人同時、という物凄く最低な告白だ。

（――俺はずっと、愛想をつかされるのが怖かった）

三人の魅力的な女の子から一人を選ぶ――そんなたいそうな立場じゃないんだ。自分にそれだけの魅力があるとは思ってないし、女の子を楽しませる自信もない。

三人に魅力を感じている俺は、『愛想をつかされないようにする』だけで精いっぱいだった。

三人と距離を取ったり、誠実さにこだわったりするのも、結局はそこ。

誰かを選ぶよりもまず、俺は三人に愛想をつかされたくないだけなのだ。

きっとこれは哲彦の企画だろう。そんな情けない気持ちでうだうだやっているから、審判の場に無理やり俺を上げたのだ。

黒羽はどう思うだろうか。

俺は黒羽からすでに告白されている。破棄してしまったとはいえ、準恋人と言える〝おさかの〟でもあった。告白されたばかりのころにこの手紙が読まれれば、『三人同時はどうかと思うけど、とりあえず付き合ってみるか……』と考える可能性はゼロじゃなかったかもしれない。けれども距離を取る宣言以降は、冷めた関係。今の状態で告白してうんと言ってくれる未来が俺には見えない。大切な絆（きずな）という糸を俺が断ち切ってしまったのではないか……そんな後悔が俺の心を焼いている。

白草（しろくさ）は本当にわからない。

好意を持ってくれていると思うが、それが恩人に対する気持ちである可能性はやはり否（いな）めない。だって俺が距離を取ろうと言い出したときも素直に聞いてくれたし、いい友人としての距離で接してくれた。俺の言ったことを素直に受け入れてくれたことは嬉（うれ）しいが、それだけにやはり恋人としての好きではないのではないかという疑念は拭い切れない。

真理愛（まりあ）は俺に好意を持ってくれていると思う。

告白をしてきていないとはいえ間違いないだろう。それはこの前舞台で共演したときの言動で強く感じている。でも俺が距離を取ろうと言っても無視したことで、何度か俺は怒ってしまった。今は友好的に接しているものの、そのときのことを恨んでいて、恋愛感情は冷めてきているなんてことがないとは言い切れない。

ドラムロールが続いている。

回答を引っ張り——期待感を高め——たっぷりと間を置いた後、ドラムロールがぴたりと止（や）

んだ。

「さあ、回答は！」

俺は三人を刮目して見た。

そして三人は——同時に頭を下げた。


「「「——ごめんなさい！」」」


……当たり前だけど、無慈悲なセリフだった。

「お～っと、ごめんなさいだぁぁぁぁぁぁ！」

ノリノリで哲彦が叫ぶ。

だが俺の心は冷え切っていた。

しょうがない、という気持ちはあった。だって俺は、時間があったにもかかわらず結局一人を選べなかったのだから。

これは優柔不断な俺への、当然の罰だ。呆れられて当然の男なんだ、俺は。

でも——不思議だった。悲しみと共に胸の奥から湧き上がってきたのは、三人への想いと後悔だった。

——こんなことで諦められない。

そう思った。

「残念！　末晴は振られてしまった！　ここで三人にインタビューしてみよう！」

哲彦は素早く舞台に上がり、マイクを黒羽に向けた。

「志田ちゃん、それはなぜ？」

「あの、だって、ハルは好きだけど、幼なじみだし。他の子にデレデレする人はちょっと……」

「あー、まあしょうがないよなー。幼なじみってのはそういう勘違いしちゃうパターンって結構あるよなー」

胸が痛い。張り裂けそうなほど。

だがこれは自業自得の痛みなのだ。

「じゃあ可知は？」

「スーちゃんは大切な恩人で友達よ。けれど恋愛的な好きとは別問題。もちろん三人同時でなければ考えるくらいはしたかもしれないけど……それでもやっぱり一途でない人はナシだわ」

「こいつはきつい回答だ！」

そうだよな、白草からはそういう回答だよな。

なんでこんなに友情の好きと恋愛の好きって見分けるの難しいんだろうな。もう少しわかりやすくしてくれればバカな勘違いはかなり減るのに。

「最後に真理愛ちゃんは？」

「モモは末晴お兄ちゃんのこと、大好きですよ？　けれどお二人と同じく、兄的な存在として好きというか……複数同時に付き合うのは倫理的にも……」

「いや～、思春期の女の子は難しいねぇ……」

俺はバカだなって思う。これほど大勢の前で派手に振られてしまったのに、三人を今までよりも魅力的だと思ってしまっている。

なぜ俺はもっと、ちゃんと話をしてこなかったのか。

好意を示されて、ちゃんと嬉しいとアピールしたか？　なんで距離なんて取ったんだ？　決め切れないなら悩んでいるって何でもっと素直に言わなかったんだ？

言ったら嫌われると思ったから？　自分の素直な気持ちを言って気持ち悪がられたり振られたりするなら、それこそしょうがないんじゃないか？

もっとちゃんと気持ちをぶつければよかった。そのうえで三人の気持ちを知り、正面から向き合って考えればよかった。そうだ、『話し合い』こそが必要だったんだ。

俺は恋愛経験も乏しいし、元々は黒羽くらいしか傍に女の子がいなかったから、何となく女の子と話すのが気恥ずかしかった。ちょっと格好をつけたかった。

でもこんな形で振られてしまうくらいなら、バカにされたって、もっと話し合うべきだった――そう思った。

おとなしくしている俺を見て、哲彦が言った。

「末晴、もう暴れないか？」

「むー」

俺は屈強な男たちに押さえ込まれているため、首を縦に振るのが精いっぱいだった。

「――外してやれ。オレから伝えたいことがある」

そう言って哲彦は舞台袖に向かって歩いて行った。

その間、俺の手を拘束する手錠に鍵が差し込まれて外される。

そして自由になった手で俺は口の猿ぐつわを取った。

「何だよ、哲彦。伝えたいことって」

声が震えてしまっている。先ほど振られたことで受けたショックが、震えとなって全身を襲っているせいだ。

寒い。気温もそうだが、それ以上に身体の芯が。

歯の根が合わなくなりそうなのを、俺は奥歯を噛みしめることで懸命にこらえていた。

舞台袖に向かった哲彦が何かを持って戻ってくる。

そして舞台中央に来たところでそれを高く掲げた。

それにはこう書いてあった。

――ドッキリ、って。


「はぁっ……!?」

「はい、特別企画とはドッキリでした！」

俺が素っ頓狂な声を上げても、今ばかりは許されるだろう。

「おおおおおぉぉぉ！」

会場が一気に沸いた。

皆近くの人と顔を見合わせ、語り合う。

「ああ、なるほどな！」

「そういうことだったか！」

「なんだかおかしいとは思ったが……」

「ぶっちゃけ俺、すっきりしたわ！」

目を見開いて固まっている俺に哲彦（てつひこ）は言った。

「おい末晴（すえはる）、驚いたか！　なかなかの仕込みだっただろ？」

ニヤニヤと哲彦（てつひこ）は笑う。

まったく、こいつというやつは――

「てんめぇぇぇぇぇ！」

俺はドッキリの看板を持つ哲彦に摑みかかった。

「おまっ、俺がどんな気持ちでさっきのを聞いていたか……っ！　やっていいことと悪いことがあるだろうがぁぁぁ！」

「バカのくせにウジウジ悩んでたお前にはいい薬になっただろ？」

「ふっざけんなぁぁぁぁ！」

俺は怒りに任せて哲彦を押した。

しかし哲彦は巧みにすり抜けると、素早く俺の腕をひねって反撃してきた。

「いでででっ！　くそっ、哲彦、てめぇ！」

そうやって俺の動きを封じ、哲彦は俺にだけ聞こえる声量で囁いてきた。

「末晴、怒るのはわかるけどさ、ドッキリをやったからこそ見えてきたもの……あっただろ？」

「⁉」

俺は思わず喉を詰まらせた。

悔しいが、その通りだった。

今回のドッキリは俺にとってまさに悪夢。『こうなりたくはない』と思っていたことが現実化したようなものだった。言わば、ドッキリのようなことになりたくなかったから、俺は黒羽たちと距離を取ろうとしたのだ。

なのに三人に振られるなんて、距離を取った意味は何だ？　何もないじゃないか？　俺はやり方を間違えたんじゃないのか？　こんなことを振られてから気づくなんて、俺はバカじゃないのか？　――ということを否応なく突きつけられた。

そのお陰で、哲彦の言う通り見えてきた。

冷静に接することは必要かもしれないが、それ以前にちゃんと踏み込んだ『話し合い』ができないんじゃ何の意味もないじゃないか、と。

『話し合い』をしないで結末を迎えたら、俺は絶対に後悔する。そう確信した。

結局、必要だったのは、距離を取ることによる冷静さじゃない。ちゃんと心を開いて話し合うことだったのだ。

今回のドッキリはそれを気づかせてくれた。

黒羽、白草、真理愛の三人が俺に近づいてきた。

「ハル、ごめんね！　あんなこと思ってないから！　さっきのセリフは台本通りなの！」

「信じちゃダメよ、スーちゃん！　私は無理やりやらされたんだから！」

「そうですよ、末晴お兄ちゃん！　あのセリフは一言一句、すべて嘘ですからね！」

三人から優しい言葉をかけられる。

一度は完全に終わったと思った。もう彼女たちに笑顔を向けてもらえることはないんだな、って覚悟した。

でも今、彼女たちの申し訳なさそうな表情と好意に溢(あふ)れた視線が目に飛び込んできて、ようやく少しずつ実感が湧いてきた。

（よかった……）

目が涙で滲(にじ)んだ。

なんだか頭が働かなくなり、その場にへたり込んでしまった。

「はは、なんだ……ははは っ……」

もう笑うしかないってのはこんな状態なのかもしれない。

いろいろ言いたいこともあるし、暴れたいような泣きたいような、感情がぐしゃぐしゃになっているが、とにかく最終的には『よかった』という言葉に集約される気がする。

黒羽(くろは)が俺に近づいてきて手を差し伸べた。

「ホント、ハルはドジというか、自分に自信がなさすぎるというか……。すぐに嘘(うそ)ってわからなかったの？」

「いやだってさ、クロと最近うまく話せてなかったし、三人への同時告白って体裁も最低だったしさ……」

「冷たくしてたのは、伏線。あの冷たい態度、やってるあたしだって凄(すご)く怖かったんだよ？」

「そ、そうだったのか……？」

「うん。もーっ、ハルはおバカなんだから」

ああ、久しぶりに『もーっ』が聞けた。ぎくしゃくした関係になってから、一度も聞けなかったセリフだ。

それだけでまた涙腺が緩んだ。

「悪かったな。俺はバカなんだよ」

よかった……本当によかった……。

俺が心から安堵を覚えつつ差し出された黒羽の手を取ると、ヘッドマイクのスイッチが入った状態のまま黒羽はつぶやいた。

「――ホント、ありえないじゃない。あたしはハルのこと、前からずっと好きなのに」

そんなとんでもないセリフを吐き、黒羽は俺を引き上げた。

「ん？」

「……あ？」

「……え？」

「……お？」

奇妙な空白があった。

まったく予想していなかった言葉が耳に届いたせいだ。

（……え？　今……あれ？　もしかして、俺……告白されてなかった……？）

あ、いや、まさかなー……。

こんな舞台上で？　こんなに多くの人が聞いているのに？

あ、ありえないよなー……きっと幻聴だよなー……。

「ハル、なんて顔してるの？　あたしが『好き』って言ったこと、そんなに変だった？」

……あれ、幻聴じゃないの？

俺はポンッと手を叩いた。

「そうか、幼なじみとしての好きか」

「ううん――『恋愛対象としての好き』」

静寂が会場を包んだ。

今回は前振りもあっただけにばっちり会場中の生徒が聞いている。

ポカンと口を開けて固まっているやつもいれば、驚愕のあまり横にいる友達の袖を何度も引っ張って『ねーねー今の聞いた！』と囁いている子もいた。

事態を把握するのには個人差があった。

しかし十秒ほどもすれば誰もが気がつく。

今、『志田黒羽』が『丸末晴』に『大勢の前で告白をした』って。

「「「えええええええええええええええええ⁉」」」

驚愕と緊張は最大限まで高まり、膨らみ過ぎた風船のように破裂した。

舞台上にいた哲彦、白草、真理愛だって例外じゃない。目を見開き、何度も瞬きし、事態を呑み込めないのか、驚きの表情のまま固まっている。

「ハル、聞いて。これがあたしの導き出した答え」

混乱からまだ立ち直れていない俺は、とにかく頷いた。

黒羽がヘッドマイクのスイッチを切る。

ここからはわざわざみんなに聞かせる必要はないと判断したのだろう。

「あたしはね、気がついたの。あたしとハルは『対等じゃなかった』って」

「対等……？」

「あたしは以前、ハルに告白した。その結果、恋人じゃなくて、恋人一歩手前で、お互いが恋人になろうと思ったらなれる〝おさかの〟という関係になろうって提案したよね？」

「あ、ああ……」

何を言い出すんだ、黒羽は⁉　こんな人前で〝おさかの〟のことまで語り出すのか⁉

ダメだ、頭がごちゃごちゃして考えがまとまらない。

「でもこれ、あとでいろいろと考え直してみて、卑怯かなって思ったの」

「どこが……？」

「だってハルは人前で、しかもあれだけ再生された動画であたしに告白してくれている。でもあたしは違っていた。二人きりのときの告白だった」

あ、あー、まあ確かに、言われてみれば……。

「あたしはね、ずっとハルと対等でいたいと思ってた。なのにハルにだけ辛い思いをさせちゃった。こんなのらしくない。自分だけ身を切ってなかった。だから卑怯だと思ったの」

「もしかしてだから今――」

「そう、ここで告白しているのは、対等になるため。人前で告白してこそあたしはハルと対等になれる」

「ど、どうしてそこまで……」

俺は聞かずにはいられなかった。

正直なところ、俺は黒羽を卑怯と思っていなかった。別に片方が人前で告白したからといって、もう一方も人前で告白しなければならないなんてことはまったくないだろう。

「あたしはね、今ハルはあたしを選べないと思ってる。もちろん、その理由も理解している。それでどうするか悩んだとき、もしかしたら最後の決め手みたいなところで『不平等感』が心の奥底から出てくるかもしれないって思ったの」

「っ――」

そうか、そういうことか。

俺が誰か一人を選ぶ際、黒羽に対して『告白してくれたといっても、その前に俺は一度振られてダメージを負ってるし……』という気持ちがよぎったら、他の二人を選ぼうと思う可能性がある。黒羽はそう考えたのだ。

生徒たちがざわついている。黒羽がヘッドマイクのスイッチを切ったことで、俺たちが何をしゃべっているか断片的にしか聞こえないせいのようだ。

ただ舞台に上がっている群青同盟のメンバーにはしっかりと聞こえているようで、真剣な顔で黒羽の言葉に耳を澄ましていた。

「〝おさかの〟を解消することになった後、あたしは考えて、考えて……出した結論がこれ。後悔はしたくなかったの。最善を尽くしたかったの。あたしにあるのは、ただそれだけ」

その激しい思いに気圧される。黒羽が考え抜いた末に、今こうして舞台上で気持ちを伝えてくれていることを俺はひしひしと感じた。

「あ、もしかしてさっきの、冷たく接していた『伏線』の本当の意味って――」

「そう、ドッキリの伏線じゃなく、ここでの告白に最大限のパワーを与えたかったから。あたしが冷たくしたから、ハルはあたしとの関係を一度ちゃんと見つめ直してくれたんじゃないかな？」

「まあ……まさにその通りなわけだが……」

三人とも適度な距離を取ってダラダラしていたら、俺は危機感を持たず、居心地がいいからこの距離でいいな――なんてことを考え始め、慣れていたかもしれない。

黒羽が冷たかったから、俺は真剣に向き合わざるを得なかったという部分は確かにある。

「今、ハルに一つだけお願いするね」

力強く、黒羽は告げた。

「今すぐ答えは出さないで。こんな状況で冷静な判断なんてできないって、十分にわかっているから」

「……わかった」

やはり黒羽には見透かされている。

今、この場で決めろと言われたら、たぶん俺は神社のところで告白された――〝おさかの〟になったときと同じ結論――選べないからこそ、黒羽を縛らないために振るしかない……という結論に至っていただろう。

「その上で、もう一度言うね」

黒羽はコホンと咳をし、再びヘッドマイクのスイッチを入れた。

「――ハルのこと、スキィイイイイイ！」

体育館中に木霊する、大絶叫だった。

ハウリングが発生して耳を塞ぐ生徒が続出したほどだ。

息を荒げ、肩を上下させる黒羽は、勢いのままその場にヘッドマイクを捨てた。

そして俺に一歩近づき、右手を前に出した。

「あの、もう一度〝おさかの〟になってください。これは言うなれば〝新おさかの〟。新というのはね、今度は秘密の関係じゃなくて、オープンな関係ってこと。卑怯じゃなくなったあたしと、もう一度最初から関係を積み重ねてください。そして――」

黒羽は俺が言いたかった言葉を口にした。

「もっとちゃんと話し合おう？　恥ずかしいって思う部分はたくさんあるけれど、それでもお互いに言わずに後悔するよりはずっといいと思うから」

……なんだか全部言われてしまった気分だった。

俺はドッキリの失恋によって、まだ自分がちゃんと話していなかったことに気がついた。そして三人が好きで、もし振られても諦めきれないほどの強い感情を持っていることを否応なく自覚させられた。

俺は黒羽から差し出された手を、両手でギュッと握り締めた。

「こちらこそよろしくお願いします。俺もたくさん話さなきゃいけないことがあるんだ」

「ふふっ、やっぱりそうだったんだ。そんな気がしてた」

「クロにはかなわねぇなぁ……」

会場はぽか～んとしていた。

あまりのことに、どこまでがドッキリなのかわからなくなっているみたいだ。

そんなとき近づいてきたのは――哲彦だった。

「はい、群青同盟特別企画のドッキリでした！　皆さん、拍手をお願いします！」

先ほど俺に向けて掲げたドッキリの看板を、今度は改めて会場の生徒たちに向ける。

……なるほど、哲彦はすべてドッキリで話をまとめるのが一番いいと考えたのか。

「別にそんなことしなくてもいいのに」

黒羽がポツリとつぶやいた。

そんな黒羽に哲彦が近寄って囁く。

「でもよ、末晴的には志田ちゃんの負担を減らしてやりたいって気持ちあるよな？」

哲彦はこう言いたいのだろう。ドッキリにしておいたほうが黒羽にとっていいだろ？　と。

確かに全部をドッキリにしなければ、黒羽はとんでもないことになるだろう。

新年最初の登校日、友達からは質問攻めにされ、もしかしたら学校中から顔を見に来られたり、噂されたり、大変なことになるに違いない。

だって告白祭の後、俺がそんな感じになったから。

でもここでドッキリにしておけば、あれこれ聞いてくるやつは相当減るだろう。冬休みを挟むし、本当の告白だったとするより、ずっと早く収まるに違いない。

「そうだな。俺もドッキリってことにしたほうがいいと思う」

「ハル、それってあたしの告白をドッキリだと思ってるってこと？」

黒羽は口を尖らせた。

「いや、今回ばかりはちゃんと告白してくれたってわかってる。でもクロが煩わしい思いをしないで済めばなって、それだけなんだ」

「じゃあこんなのはどうだ？」

哲彦が提案した。

「聞かれたら末晴はドッキリだったたって言う。志田ちゃんは親しい人やちゃんと告白したって理解して欲しい人には、本気だったたって説明すればいい。志田ちゃんが公平にこだわるのはよくわかったが、それで十分じゃね？」

「ああ、俺としては十分すぎるほどだ」

俺のセリフを聞いて、黒羽は肩をすくめた。

「まあ、ハルがそう言うなら」

「じゃあ最後に締めるか」

哲彦はドッキリの看板を床に置いた。そして俺と黒羽を引き連れ、白草と真理愛のもとへ移動した。

「本日はクリスマスパーティに参加していただき、ありがとうございました！」

哲彦が振り向き、俺たちに目で合図をする。

俺たちは頷き、哲彦に合わせて頭を下げた。

「今回、群青同盟は生徒会からの依頼でパーティを盛り上げてきたが、十分にその仕事を達成したのは、この場にいるやつなら賛同してくれるだろう。というわけで、群青同盟から生徒会に貸し一。今度群青同盟に何かあったら生徒会も協力してくれるよな？　なあ、生徒会長さんよぉ？」

「ちっ、みんなの前で……これじゃ誤魔化せないか。てっちん、やってくれるね」

会場の隅にいるマリンが舌打ちをする。

その悔しげな表情を見て哲彦は満足そうに不敵に笑った。

「じゃ、一応の締めということで――それでは本日はありがとうございました！　よいクリスマスを！」

会場から割れんばかりの拍手が鳴り響く。

俺たちはもう一度揃ってお辞儀をした。

（とんでもない告白を受けてしまった――）

その認識はあるのだが、俺にはまだ現実感がなかった。

とにかく安堵の気持ちが強い。

三人に振られたのがドッキリで本当によかった。

黒羽に嫌われていると思っていたら、黒羽が告白するための伏線だった。

明日を笑顔で彼女たちと迎えることができる。

それが俺にとっての、最高のクリスマスプレゼントだった。

エピローグ

＊

夜の堤防道路から川を見ると、黒くて怖い。街灯の明かりは遠く、足元が暗いので堤防から転げ落ちないか心配になる。

雪が降っている。牡丹雪だ。強風が吹きつけてきて、凍てつくような冷たさが全身を襲う。

しかし俺はまったく寒いと感じなかった。

それはたぶん、真っ赤な顔をしている黒羽も同じであろうことがうかがい知れた。

「なんだか凄いことになっちゃったな……」

「まあ、あたしがやっちゃったわけなんだけど……」

クリスマスパーティの帰り道、俺と黒羽は二人で家路についていた。

いつもなら白草や真理愛が割って入ってくるところなのだが、珍しいことにそれはなかった。

二人は魂が抜けたようになっていた。白草には峰と紫苑ちゃんが、真理愛には玲菜が話しかけていたが、まったく反応を示さず虚空を見つめている有様だった。

まあもし割って入ってきても、俺はきっぱり断っただろう。

だって黒羽とゆっくり話をしたかったから。

「とりあえず哲彦に、クロの告白については絶対に動画にして上げないよう約束させたから」

「ハルのが上げられてるんだから別にいいのに」

「クロは対等ってことにこだわっているからそう言うかもしれないけど、俺が嫌だ」

もしあんなシーンやセリフがＷｅｔｕｂｅにアップされたら、物凄く話題になる。ワイドショーレベルで騒がれる。俺は恥じるところがないから構わないが、その騒動に黒羽が巻き込まれたら大変な思いをする――それが嫌だった。

黒羽は告白祭で俺を振ったことに対する誠意を精いっぱい見せてくれた。身を切って、自分の想いがどれだけ本物であるかを示してくれた。

それで十分。これ以上苦しむ必要なんてないだろう。

「ありがと。やっぱりハルは優しいね」

「そんなことねぇ……と言おうと思ったが、いや、ここはあえて『そうだ』と言わせてもらおう。だって俺はクロみたいに冷たいフリなんてしないから。それだけでも『優しい』って言われてもいいんじゃないかって気がしてきた」

「ううっ！　い、いや、あれはね……」

「そりゃ冷たくされた分、告白された衝撃は倍増したさ。でも俺、滅茶苦茶ショックだったんだぞ！　〝おさかの〟をやめて、多少嫌われるかもって思ってたけど、あそこまでスルーされて……本当にどうしようか悩んだんだからな！」

「……そうだね。それは――ごめん。いくら自分の気持ちを強く伝えたかったたって言っても、ハルの言葉を聞いて、やっぱりやりすぎだったたって反省した」

よかった、黒羽は素直に謝ってくれた。ならば俺はこれ以上責める気などなかった。

今回の黒羽は、嘘をついていない。冷たくしていたのは演技かもしれないが、俺の『距離を置きたい宣言』と『おさかの破棄』に不満を持っていたのは間違いないのだから。その不満を冷たくするという形で示していただけだ。それを一般的には『すねる』と言うんじゃないだろうか。

「……そっか。いや、反省してくれるならそれで十分だ。俺だってクロが〝おさかの〟っていう居心地いい関係を提案してくれたのに、自分の勝手で破棄しちゃったんだからさ」

「それは確かにちょっと文句言いたかったところ。あれって振られたのと同じくらい辛かったんだから」

「いや、その、それは……意識しているからこそ、やらざるを得なかったというか――」

「――ふふっ」

歩きつつ、黒羽は笑った。

「やっぱり気持ちはちゃんと言わなきゃ伝わらないね」

「……そうだな。話さなきゃわかり合えないよな」

伝えられなくて後悔するってこと、たくさんあるなって今回のことで思った。もし振られたまま話すきっかけがなかったらどうしようって、本気で考えた。

だから言おう。素直な気持ちを。

「クロ、俺はクロのこと好きだ。幼なじみとしてだけではなく、恋愛対象として」

「ハル……」

黒羽は顔を一層赤くし、のぼせたようにつぶやいた。

「それだけ真っ直ぐ言われると、正直照れる……」

「まあそういう反応されると、言った俺も照れくさいわけだが……」

顔を引き締めていたつもりだったが、黒羽の横顔があまりに可愛らしくて、むず痒いやらもぞもぞするやらで落ち着かなくなってきた。

とは言え、これも言わなければならないと思い、深く息を吸った。

「同時に、シロとモモにも惹かれている部分がある。だから今すぐ結論が出せないんだ」

「……うん」

黒羽はゆっくりと頷いた。

「距離を取ろうって言ったのは、三人に惹かれて、決められなくて、情けなくて、三人に対して誠実であろうとしたせいなんだ。〝おさかの〟もその一環で関係を解消した」

「……知ってた」

「……そうだと思った」

「それで？　そこで終わりじゃないんでしょ？」

あいかわらず黒羽には見透かされている。

俺は立ち止まった。

黒羽もまた立ち止まり、振り返った。

「俺って色仕掛けをされるとすぐデレデレしちゃうし、女性経験が全然ないからすぐ勘違いしたり暴走したりするし、情けないところいっぱい見せちゃうと思うけど、クロのことが好きで、真剣に考えてるから――もう少しだけ考える時間をください。お願いします」

「はぁ～」

黒羽は肩をすくめた。

「全部わかってる。でもそれも全部含めてハルが好きってあたしは言ってるの。だから当然待つ」

「クロ……」

「っていうか、変に距離を取られるほうが嫌。だって大切な一人を決めるのに、どうして距離を取るの？　逆じゃない？　もっと深く知るためにより近づかなきゃいけないんじゃない？」

「いや、でも、それは色仕掛けに俺が弱いからで……」

「それも知ってる。でもね、あたしは――ハルが最後の最後は色仕掛けじゃなく、ちゃんと心を見て選んでくれるって信じてる。……ううん、知ってる。だって幼なじみだもん」

「……ありがとう、クロ」

黒羽は全部わかって、その上で俺のことを信じてくれていたんだ。

なら俺は精いっぱい考え、少なくとも悔いのない結論を出さなければならないなって思った。

「約束してくれる？　他の子にデレデレしてもいいから変に距離を取ろうとはしないで。あたしはハルにもっと好きになって欲しくて努力したいのに、その努力を否定するようなことはしないで。それってダメ？」

「クロ、凄いこと言ってるぞ……」

「わかってる……わかってるけど、言わずにはいられなかったの」

黒羽は赤面しつつ、うつむいた。

俺は首を左右に振った。

「ありがとな。俺に都合がいい結論な気が物凄くするが、もちろんダメなんかじゃない。これからは変に距離は取らない。約束する」

「あのね、前から言おうと思ってたんだけど、卑屈になったり後ろめたく思う必要はないんだよ？　別に複数の女の子に好かれたって、犯罪じゃない。それが罪深いことなら、アイドルなんて全員地獄行きだよ？」

「まあ、それは……」

ついでに言えば、哲彦も地獄行きだな。

「何人もと同時に付き合ったり、自分に都合良くおいしいところだけ取ったりするような人は、互いが了承しているならともかく、個人的には嫌かな。でもハルはそういうことするタイプとは思えない。だから今まで通りでいて欲しいの。ダメなところがあるかもしれないけど、心が開けっぴろげで、そのままぶつかってくるハルのままでいて。いいかな？」

「もちろんだ！　っていうか、基本的に俺、それしかできないし！　約束する！」

俺がドンっと自らの胸を叩くと、黒羽はクスリと笑った。

「――じゃあ、これは約束してくれたご褒美」

鼻先を黒羽の香りがかすめる。

風が肌をなでる。思いがけないことに微動だにできない。

だって――

――俺の頬に、黒羽の唇が当たっていたから。

柔らかくて、甘美で、いつまでも味わっていたい――と思っていたらすぐに離れてしまった。

「く、クロ……っ！」

「ま、まあ〝おさかの〟復活記念というか、もう学校中にあたしもぶちまけちゃったわけだし、このくらいはやっぱりしておいてもいいかなっていうのもあって、でもやっぱり唇同士は本当の恋人になるまで取っておきたいってのもあるから、ちょうどいい落としどころというか、あたしもちょっとやってみたかったって思ってたから最高のタイミングというわけで、これは前から別に計画してたわけじゃないから勘違いしないで欲しいんだけど――」

「お、落ち着け、クロ！」

滅茶苦茶早口だったんだけど！　あといつまで経っても言い終わる気配がなかった！

黒羽の目はグルグルしていて心配になってしまうほどで、壊れたロボットというか『これヤバい』感が半端じゃなかった。なので慌てて止めたというわけだった。

「そんなこと言われても、あたし、まだぜんっぜん言い足りないんだけど！」

あー、目が据わってしまっている。『完全にスイッチが入った』って状態だ。

俺の頬にキスしたときは余裕そうにしていた。姉っぽく、俺の動揺っぷりを楽しんでいたって雰囲気があった。ただそれは見せかけだけで、実際のところは心のキャパシティをだいぶ超えていたようだ。

まあ黒羽は優しく面倒見がいいだけで、根っこは姉ぶってるだけだもんな。追い詰められると姉っぽさはなくなり、強引に力業で何とかしようとする傾向が強い。

今の黒羽がまさにそうだ。先ほど舞台で告白したことも影響しているのだろう。

完全に興奮状態になっていて、落ち着くまで話に付き合え！　と目が語っていた。

「……話すならさ、さすがに寒いからうちに来るか。うちでならたっぷり聞いてやるって」

雪が降っている堤防で立ち話はさすがに風邪をひくと思って――そして、もう少し気持ちを落ち着けたい――この二つを兼ねての提案だった。

「……ハル、クリスマスイブにあたしを家に連れ込むんだ」

「ぶっ！」

俺は吹きだした。

「おいぃぃぃ！　俺、マジで今そんなこと考えてなかったのにぃぃぃ！」

「いや、そうかもなーとも思ったんだけど、さすがに日にちとタイミングが……ね？　ちょっと身に危険を感じたというか、まあ同時に……ううん、かなり迷っちゃった――っていうか、現在進行形で迷ってるかな？　みたいな……」

「言いすぎ！　全部口に出しすぎだから！」

「なんか今日の気分は、もう全部言っちゃえって感じで」

「ファミレス！　ファミレス行くぞ！」

「……このヘタレ」

「それ聞こえるように言わないで！」

お互いがお互いを知りすぎていて。

近すぎて、全部言ってしまっていて。

だからこそ恥ずかしくなってしまうけど、その関係が心地よくて。

俺たちはグダグダになりながらファミレスに向かったのだった。

＊

クリスマスパーティが行われた体育館はすでにほとんどの生徒が帰宅し、生徒会が後片付けをしていた。

「ったく、マリンの野郎……根掘り葉掘り聞いてきやがって……」

哲彦は愚痴をこぼさずにはいられなかった。

そりゃ黒羽の舞台での行動は、驚きを通り越して圧巻だった。

誰だってこれが予定通りだったのか、それとも黒羽のスタンドプレーだったのか――末晴の気持ちはどうか――白草や真理愛の立場はどうなのか――などなど、気になって仕方がないだろう。

哲彦は鈴から質問攻めにされ、ようやく逃げられたころにはみんな帰っていた、という状態だった。

「ま、オレも帰るか」

頭を掻いて哲彦は部室に向かった。荷物がそこに置いてあるためだ。

「やぁ、待っていたよ」

「………」

部室に不審者が堂々と座って待っていた。

哲彦は思わず眉間をつまんだ。

そう、いつもの一番面倒くさい人を忘れていた。

「あの、先輩、最近オレに嫌がらせをして楽しんでますよね？」

「嫌がらせとは心外だな。僕は君と話していると楽しいから、君も楽しい気持ちでいてくれると嬉しいと思っているんだが」

「なら今すぐオレと縁を切って欲しいんですが」

「ごめんね。それは僕が楽しくないからお断りさせてもらうよ」

「結局自分が楽しみたいだけじゃねぇか！」

哲彦は怒ったが阿部はニコニコ笑ってどこ吹く風だ。

そのまま阿部は立ち上がり、自分の向かいの椅子をスッと引いた。

ここに座って話を聞かせろ、ということらしい。

「あの、今日クリスマスイブですよね？」

「そうだね」

「彼女は？」

「残念ながら縁がなくてね」

「いやいや先輩、選びたい放題なんだから適当に約束の一つでも作っておいてくださいよ」

「うーん、僕はあまり恋愛を遊びに捉えられなくてね。いくら綺麗な子に誘われても、自分が好意を寄せる子でなければクリスマスを一緒に過ごす気にはなれないな」

「じゃあ好きな子を誘ってくださいよ」

「なかなか見つけられなくてね。現在探し中というわけさ。個人的には尊敬できるタイプの子が好きなんだけど」

「いやうっとうしいんで退散してくれるきっかけを探していただけで、先輩の好み聞いてないっす。先輩のそういうのどうでもいいんで」

「君ならそう言うと思っていたよ」

これだけ嫌悪を示しても、阿部は座れと言わんばかりに椅子に手をかけたままだ。

「はぁ〜」

やはり話に付き合うまで解放されないのだと悟った哲彦はやむなく座った。

「あのさ、今日の志田さんの行動、君はどこまで知っていたんだい？」

向かいに座り直した阿部が聞いてくる。

さっき鈴に答えたことを繰り返さなきゃいけないのかとうんざりした哲彦は、やけっぱちな感じで言った。

「末晴があの三人と距離を取ろうとしたこと、知ってます？」

「ああ、白草ちゃんから聞いてる」

「……志田ちゃんの告白についてはまったく知らねーっす。ドッキリを装って三人で振るところまでがオレの知ってる部分でした。ま、末晴はそのドッキリをオレの企画と勘違いしてたみたいで。オレは均衡状態が望ましいんだから、距離を取っててくれたほうがありがてぇっていうのに……まあ距離を取った状態は面白みに欠けるんで、今回のドッキリはまったくの損ってわけでもないんですけどね」

「じゃあ何で志田さんたちに協力したんだい？」

「ちょっとした交換条件があっただけっすよ。内容は言いたくねぇっす」

口を重くする気配を見せたためか、阿部が話を変えた。

「ドッキリ自体の意図、何となく察しているんだけど聞いていいかな？」

「あれは三人が同時に押しすぎたんで、末晴が選べなくて、罪悪感に襲われて、冷静になるために引いちゃったんすよね。末晴は『三人に対して誠実であるために』って言ってましたが、バカっすよねー」

「ん、どこがだい？　丸くんが誠実であろうとしたんだろうなと僕も感じたんだけど」

哲彦は机に肘をつき、右手にあごを載せた。

「今回の末晴の行動が誠実かどうかを決めるのは末晴じゃない。あの三人っすよ」

「……まあ、確かに」

「で、あの三人のうち、可知だけは誠実な行動として受け止めたみたいっすね。でも志田ちゃんと真理愛ちゃんは不満を持った。多数決なら不誠実側の勝ちですね」

「まあ恋愛にはありがちなすれ違いというか……僕も最近、六歳の従弟へのクリスマスプレゼントに変身セットを贈ったんだけど、『去年のは好きだったけど今年のはイマイチだからいらない』と言われてね」

「あー、状況に差はあれ、結局そういうことっすよね。相手のために一生懸命考えたつもりなんだけど、想像と違っていて。一生懸命考えたのは何だったのか……みたいな。結論的にはコミュ不足なんすよね、こういうの」

「とはいえ恋愛絡みで、しかも自分の気持ちをさらすようなコミュニケーションは誰でも避けたがるから、個人的には無理もないすれ違いだとは思うかな」

哲彦は話が長くなりそうだと感じ、話を先に進めた。

「距離を取られる状況を打開すべく、志田ちゃんが考えたのがあのドッキリです」

「考え方としては、押してダメなら引いてみろってことかな？」

「ええ。可知と真理愛ちゃんは、一度は断ったみたいっすけどね。まあドッキリとはいえ振るのはやはりリスクがあるんで」

「じゃあどうしてやることに？」

「んー、末晴が距離を取ったんで、志田ちゃんは露骨に引いたんですよ。可知は適切な距離を保ち、真理愛ちゃんは末晴の意向を無視して近づこうとしていたんで、全員戦略が分かれましたね。その結果、末晴はダントツで志田ちゃんを気にかけました。末晴に聞いたんですが、可知のスタンスは『自分のこと、やっぱり恋愛対象じゃないのかな？』って思ったみたいですし、真理愛ちゃんのスタンスは『言っていることを理解してくれない』ということで否定的だったみたいです」

「一番ありえない行動をした志田さんが、唯一正解を引いたってことか……。人の心は不思議なものだなぁ……」

「その結果を見て、可知と真理愛ちゃんは『何か新たな手を打たなければ志田ちゃんに取られてしまう』と危機感を覚え、ドッキリをやろうと決めたみたいっす」

「理屈はわかるんだ。でも好きな人に冷たくする……しかもライバルが積極的にアプローチしているのに、か……。あいかわらず志田さん、よくやるなぁ。僕にはちょっとできそうにないよ」

「まあオレも似たような感想っすね」

ふむ、とつぶやいて阿部は腕を組んだ。

「じゃあ、あの手紙の意図は？　押してダメなら引いてみろって言っても、なぜあれが丸くんに有効だったんだい？」

哲彦は人差し指で机をコツコツと叩いた。

「どうも末晴はあの三人に愛想をつかされることを何より恐れていたみたいっす。結局誠実であろうとしたのも、その気持ちからのようっすね」

「デレデレしたままじゃ愛想をつかされるかもしれない。好きだからこそ、愛想をつかされたくない。まあ自然な流れだよね」

「でもぶっちゃけ、バカな思い込みなんすよねー」

「どこが？」

「志田ちゃんも、可知も、真理愛ちゃんも、末晴がデレデレしてるから愛想をつかすなんてありえないじゃないっすか。もしそうならとっくに愛想つかしてますよ」

「ああ、確かに」

阿部はクスリと笑った。

「三人に魅力を感じ、デレデレして決め切れないってのは、末晴からすれば隠したいことであり、愛想をつかされるかもしれないと恐れる核の部分ですよね。だから『誠実』って言葉を持ち出して距離を取ることで隠そうとした。でも三人からすれば、そんなことはとうにわかってる」

「まあ、丸くん自身は気づいてないだろうけど」

哲彦はやれやれと言わんばかりに肩をすくめた。

「で、あの手紙は末晴の気持ちのオープン化ですよ。本人は隠しているつもりだろうけど、んなことみんなわかってるってことを示したんです」

「じゃあ三人に同時告白って部分は？」

「あの三人が同時に振るってのはそうしないとできないんで。あれは便宜上そうなっただけで、重要なのはその前の気持ちをオープン化したほうですよ」

「三人同時に振った後、すぐにドッキリと明かすことができたと思うんだけど、ワンクッション置いて、三人に振った理由を言わせたよね？　あれは？」

「あれも末晴の気持ちのオープン化ですよ。あれ、『末晴自身が愛想をつかされたときに言われると思っていたセリフ』なんです」

「ああ、そういうことか……あのドッキリの本質は『丸くんの気持ちをオープン化し、彼のありえない恐れを潰す』っていうことだったのか……」

「ええ。ちなみにあのセリフは志田ちゃんたちが各自で考えたものです。末晴の表情を見る限り……ま、ズバリ正解だったみたいっすね」

「振った理由を言わずにドッキリと明かしたら、丸くんは『振られたことはドッキリだったが、やっぱりいつ愛想をつかされるかわからない』と思うかもしれない。そうさせないための行動、か」

「そういう想像って、ちゃんと潰しておかないと何度でももたげてきちゃうもんっすからね。

これからも末晴の妄想が戻ってくる可能性もありますが、一度オープン化して否定しておいたことで、今後は随分と踏み込みやすいはずです。なので必要な措置だったとオレは思ってますよ」

「まるで妄想のモグラたたきだな」

「とんでもない表現しますね、先輩……」

ジト目を送る哲彦を、阿部は肩をすくめて流した。

「ちなみにこれ、志田さんは最初から全部考えてドッキリを提案したのかな？」

「ま、細部はともかく、末晴の秘めていた気持ちをオープン化して、自信のなさから出てくる妄想を潰すって方向性は考えていたでしょうね」

「いやはや、さすが志田さんと言ったところか」

阿部は大きく息を吐きだした。

よくもまあやるもんだ、と言っているように見えた。

「志田さんの行動を見るに、三人同時に振るって提案をした時点で自分は丸くんに公開告白するって決めてたってことかな？」

「……それに関しては怪しいと思ってましてて」

「へぇ」

「実は当初、志田ちゃんは末晴に冷たくするというより身の置き場に困ってるって雰囲気だったんですよ」

「そうなのかい？」

「順番的には『末晴が距離を取る』↓『志田ちゃんがドッキリ企画を提案。でも断られる』↓『身の置き場に困る』って感じでしたね。ドッキリはみんなでやるからいいんですが、冷たくするってのは相当腹が据わってないとできないですから。ドッキリを考えついた時点ではまだそこまでの決断はできてなかったっぽいっす」

「じゃあ決断できた分岐点は？」

「志田ちゃんが言ってたんすよ。『〝おさかの〟を解消することになった後、あたしは考えて、考えて……出した結論がこれ』って。つまり対処に迷っていた志田ちゃんは、末晴から〝おさかの〟まで解消されてしまった。それで火がついたというか、腹が据わったんでしょうね。ま、いくら腹が据わってても舞台での公開告白は常人にできることとは思いませんが」

「まあ、僕には一生できる気がしないな」

「できるできないっつーより、オレはただ単純にやりたくねーっす」

「たぶんそれはみんなもだよ」

「あ、でも末晴は元々やってたな」

「うちの学校は勇者が多いよね。ま、他の人もやってるからできるってことなんだろうけど」

「末晴がバカ代表をやっているせいで、基準が壊れてるんすよ」

阿部は大げさに肩をすくめた。

「まあでも……だとしても勝つために必要かもと思ったら、大勢の前で告白することができる……それが志田ちゃんの一番の強みでしょうね」

「まあ白草ちゃんも、桃坂さんも、これは真似できないよね……」

「でしょうね。だからこそ悩んでいたみたいっす」

「ああ、だからあの二人は放心してたのか」

「ええ」

黒羽が盛大に末晴に告白したとき、白草と真理愛は同じ舞台にいたから、邪魔ができる位置にいた。

いや、むしろ勢いに乗って『自分も好きだ！』と告白することさえできた。

でも――できなかった。

当然、そんな度胸は普通の人間どころかかなり肝の据わった人間でも持っていない。黒羽がおそらく長い時間をかけて覚悟を決めたのに対し、白草と真理愛はいきなり恐ろしい場面に立ち会う羽目になったというハンデまであった。まあ呆然とするのは無理もないだろう。おそらく二人は圧倒されただろう。それだけに悩まずにはいられない。

――自分は同じようなことをする覚悟があるのか、と。

どうしても黒羽と比べてしまい、自分の弱さを見つめなければいけなくなる。

「きっと二人は今頃焦っているでしょうね。志田ちゃんは告白したのに、自分は告白できていない。これではいつ二人がカップルになってもおかしくない。だいぶ差をつけられてしまった。どうすればいいだろうか——ってね」

「志田さんのインパクト、凄かったからね。でも二人だって気がつくよ。丸くんはインパクトとかで決めるタイプじゃないって」

「まあ告白を早めにしなきゃってプレッシャーだけは残るでしょうが」

「そうだろうね。僕としては楽しみだなって感想だけど」

「それ、オレのセリフだと思うんですが……先輩って段々と性格悪くなってません？」

「君と話している間に性格が似てきてしまったのかな？」

「いやそういうの気持ち悪いんでマジ勘弁して欲しいっす」

哲彦が身震いするのを見て、阿部は楽しげに笑った。

＊

真理愛は姉とケーキを食べ、お風呂に入り、自室に戻った。

しかしそれらは無意識にやっていたことで、クリスマスパーティでのドッキリ企画以降のことは正直覚えていなかった。

（――浮かれていた）

頭に渦巻く、やるせない感情。

真理愛はベッドに横たわり、天井を見上げた。

（末晴お兄ちゃんに気持ちが通じたのが嬉しくて、わたしは浮かれてしまっていたんだ）

黒羽さんと可知さんに、ついに追いついた。

周回遅れのわたしが追いついた――つまり、勢いはわたしが上。だからこのまま行ける。

そんな甘い誘惑に溺れてしまっていた。

末晴お兄ちゃんに意識されたことで、わたしの長所である積極性に羞恥によるためらいが出てきてしまっていた。

だがそのことは朱音ちゃんの一件を通じて自覚し、ちゃんと分析できていた。ここまではいいとしよう。

でも距離を取られた後の行動は失敗だった。積極性を欠き始めていると感じていたからこそ、無理に押してしまった。

その結果が何度も怒られるというありさまだ。

勢いに乗って攻めよう、恥ずかしさを抑えて押し切るんだ――そんな焦りが冷静さを欠く結果となった。

(黒羽さんは堂々と告白をした……。しかも人前で……。わたしの数歩先を行っている……)

認めたくない現実。

でも認めなければならない。現実を認識できないのは、冷静さを欠いていることを意味している。これ以上悪手を打って、差を広げられるわけにはいかない。

(告白、か……)

この気持ちに決着がついてしまうかもしれないのだ。想像するだけで手が震えてくる。

しかしライバルは堂々とやり切った。

ならば自分も同じところまで踏み込まなければ勝利はありえない。

「黒羽さん……わたし、負けませんから……」

真理愛は虚空に向かってつぶやき、ゆっくりと目を閉じた。

＊

白草は自室にある椅子に座り、両手で顔を覆っていた。

ショックだった。現状を認識できていなかった。

(私は遅れていた……。この前は二人で電話をしながら勉強もしたし、朱音ちゃんの中学校でロッカーに閉じ込められたときもあと一歩という雰囲気で……順調に進んでいると思っていた……。でも違っていた……）

人の気持ちはなんて難しいのだろうか。

小説家なんてものになっても、現実はまったく思い通りにならない。

（それに充先輩のメール……）

そこには『丸くんは白草ちゃんが距離を取ることに賛同したから、自分は恋愛対象じゃないのかもって思っていたみたいだよ』と書かれていた。

（確かにスーちゃんの理解者ということを示すため、『私にとってスーちゃんは大切な恩人であり、友人』とまで言って、スーちゃんの望む距離感を保とうとした……）

だがそれは正解じゃなかった。

スーちゃんの望み通りにすることが正解ではなかったのだ。

本当に、なんて人の気持ちは難しいのだろうか。

（志田さんはあれだけの人たちの前で告白した。明らかに私は遅れている。このまま志田さんを走らせたら、きっと私は負け——）

そこまで考えかけて、白草は身体を起こし、首を大きく振った。

「ダメ。たとえ想像だけでも、それだけはダメ——」

白草はぎゅっと手を握りしめた。

（スーちゃんに告白させる！　なんて言ってる場合じゃない）

行動しなければならない。

そんな当たり前のことに、今更気がついた。

ライバルはすでに告白しているのだ。

覚悟を決めよう。望む未来を手に入れるために。

「私もしなきゃ、告白——」

ライバルがあれほどインパクトのある告白をしたのだ。

（ならば私も心を動かすような告白をしなければ——）

白草は新しいノートを机の引き出しから取り出した。

そして思考をまとめるため、思いつく限りのことを書き始めた。

＊

その日、志田家のビッグマザー志田銀子は、夫である志田道鐘に突然書斎から呼ばれた。

「あの、銀子さん。国光くんから電話代わってって頼まれたんだけど」

「丸さんが？　何だろうね」

丸国光は末晴の父だ。

元々国光と道鐘は家が隣同士の幼なじみであり、親友だった。丸家と志田家の家族ぐるみの交流はここから出発している。

二人が結婚してからは妻同士も意気投合して仲良くなった。

子供の誕生も同じ年であり、子供同士も仲良くなった。

こうして今の丸家と志田家の繋がりが続いている。

道鐘が国光と電話で話しているのはそんなに珍しいことじゃない。何となくウマが合う二人なのだ。しかし銀子に電話が回ってくるのはちょっと珍しかった。

「はい、もしもし」

「国光です。お久しぶりです、銀子さん。いつも愚息がお世話になっています」

淡々としていて、とても低い、地に響くような声。国光の特徴だ。

「いえいえこちらこそ」

「そんなことはありません。ご飯だけでなく、黒羽ちゃんには掃除までしていただいていて」

「ああ、それはこの前、蒼依と朱音に代わったんですよ」

「……ほう。愚息から聞いていませんでした。そうだったんですか」

「ええ。この件はあたいが介入しまして」

「……もう少し詳しく聞かせてもらっていいですか？」

「ほら、末晴とうちの黒羽、昔から仲がいいじゃないですか。それが近頃だいぶいい感じになってきてるんですよ。だから、さすがに夜二人きりにするのは良くないと思いまして」

「素晴らしいご判断です。実は今日、銀子さんに電話を代わってもらったのも、そのことに関係しているんですよ」

「どういうことですか？」

「出張先で愚息に関する動画を見ていましたら、クリスマスに黒羽ちゃんがうちの愚息に告白したという書き込みを見つけまして」

「へ？　そうなんですか？」

「真偽はわかりません。ですが事が事だけに銀子さんなら何かご存じではないかと思ったわけです」

「……了解しました。あたいからもちょっと探りを入れてみますよ」

「すいません、いつもご迷惑をおかけします」

国光は語り口こそぶっきらぼうな印象だが、実のところ結構腰が低い。

「いえいえ。あたいは有紗の親友ですから。有紗の息子はあたいの息子みたいなもんですよ」

「亡き妻に代わり、感謝いたします」

「気にしないでください。あたいは末晴のこと家族だと思っているんで、いつでも面倒を見ますけど……国光さんは末晴と話してますか？」

「………………」

「末晴から国光さんの話って聞かないんで、老婆心ながらちょっと気になりまして」

「…………大丈夫です」

「ならいいんですけど。……有紗のこと、心から愛していて、その結果今のお仕事をされているのは重々承知しているんですが……今、生きている末晴のことも──」

「……はい、ご心配をおかけし、申し訳ございません」

その瞬間、銀子は深入りしすぎたことを自覚した。

「ああ、いえ！　その、ちらっとそう思っただけですので、気になさらないでください」

「いえ、ご忠告ありがとうございます。愚息とは一度しっかり話してみます」

「……はい、それがいいかもしれませんね」

「それでは失礼します。もし愚息のことでまた何か変わったことがあれば、教えていただければありがたいです」

「はい、もちろんです。それではまた」

そう言って銀子は電話を切った。

「ふぅ～」

銀子はため息をつきつつ、額の汗をぬぐった。

「ごめん、ちょっと言いすぎちゃった」

「……わかるよ。ぼくもね、国光くんと末晴くんの関係が微妙なこと、以前からずっと気にしているんだ。何か事情があるんだろうけど……」

親子の問題は非常に難しい。それこそ子が生まれてから現在までの日々の蓄積が今の関係になって表れている。そのためそう簡単に関係性が変わるものではない。不仲となり、それが一生続くことだって珍しくない。

「……有紗が生きていればね」

銀子は亡き親友のことを思い浮かべ——それ以上言うのをやめた。

あとがき

どうも二丸です。

おさまけは一巻の発売が二〇一九年六月八日ですので、この八巻でだいたい二周年ということになります。ここまで来られたのも応援してくれている読者の皆様のおかげです。本当にありがとうございます。引き続き応援いただければ幸いです。

さて、アニメも後半となっているころでしょうし、軽い裏話でも。

私は地元が岐阜で、専業になって東京に引っ越すまでは岐阜で兼業作家をやっていました。おそらく地元ということで岐阜県赤十字血液センターさんからおさまけとのコラボの声がかかり、献血キャンペーンが行われました。

そのとき地元の友達に言われました。『え、おさまけの聖地って岐阜じゃないの?』って。

順番に書いていきますと、小説本編は『多摩川沿いのどこか』としていました（具体的な駅名をあえて挙げるなら『二子玉川』と言っていました）。理由は『末晴が人気子役で、事務所まで家から通えたことから、東京近郊』『一巻で青春要素を強めるために堤防シーンがあることから、川沿い』『東京、川沿いで一番自分が知っているのが多摩川』というものです。

コミックは小説本編準拠なのでそのイメージで作られています。

次にアニメですが、結論から言えば『埼玉県飯能市』が舞台です。もし知り合いから『岐阜を聖地にして欲しい』と頼まれていれば推しても良かったのですが（岐阜を背景としながらも、東京近郊という設定はありだと思うので）、誰にも言われなかったのでまあいいかくらいのスタンスでした。そんな自分にアニメ側から『作画の負担が下がるから、よければ飯能市でいいですか』という申し出があり、ラブコメは作画が命ですので、作画が少しでもよくなるのなら構わないと思い、聖地をお譲りしたわけです。

という理由で岐阜は聖地じゃないんです。密かに期待してくれていた地元の人たちごめんなさい。もし次、同じような機会があって、岐阜を聖地にして欲しい私の知り合いの人がいれば、あらかじめ言っておいてください。

最後に、応援してくださっている皆様、編集の黒川様、小野寺様、イラストのしぐれうい様、本当にありがとうございます！　また関連書式……本編コミカライズの井冬先生、四姉妹の日常の葵季先生、水曜日のおさまけの豚もう先生、アンソロジーを執筆していただいた漫画家の皆様、ありがとうございます！　どの漫画も面白いので、皆さんよければ読んでみてください！

二〇二一年　四月　二丸修一

次回予告

OSANANAJIMI GA ZETTAI NI
MAKENAI LOVE COMEDY

末晴にはどうしても苦手な人物がいる。
父親である、丸(まる)国(くに)光(みつ)。

かつては頼もしい父親だったはずだが、
成長するにつれていつの間にか溝は深まり、
今では家ですれ違っても
片言で済ますようになっていた。

だがある日、ささいなきっかけで親子の絆は今、
崩壊しようとしていた。

「家出してきたんだけど――」

「――帰れ！」

勢いあまって家出した末晴は
哲彦を頼るものの、
あっさり断られ路頭に迷う。
そんな末晴の前に、救いの手が――

「――あれ、スーちゃん？
どうしたの？」

思いがけない出会いが、

二人の距離を縮めていく。

NEXT
SHUICHI NIMARU PRESENTS
VOLUME

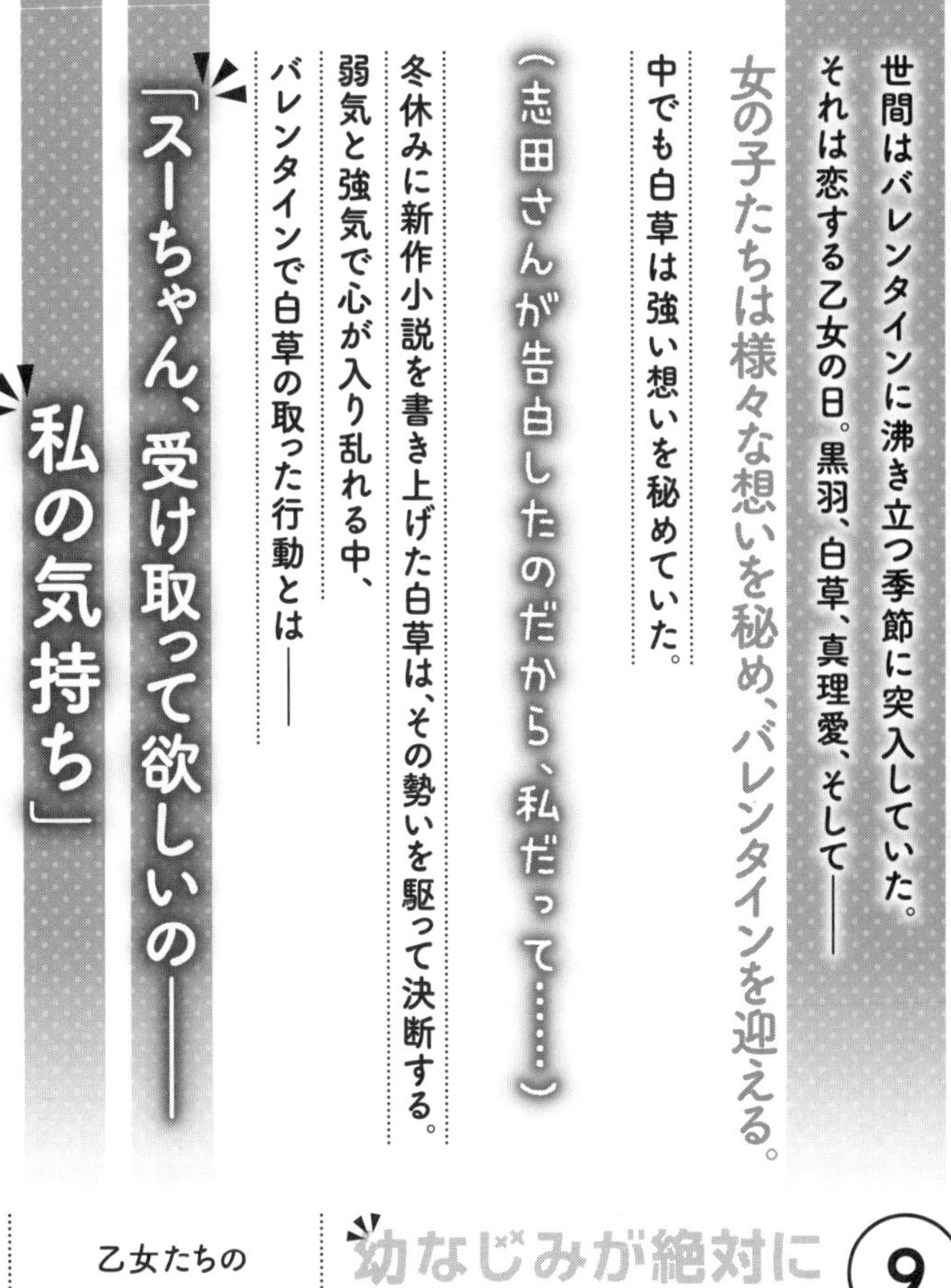

幼なじみが絶対に負けないラブコメ 9

VOLUME:NIN

乙女たちのバレンタイン

近日発売予定！

◉二丸修一著作リスト

「ギフテッドⅠ〜Ⅱ」（電撃文庫）
「女の子は優しくて可愛いものだと考えていた時期が俺にもありました1〜3」（同）
「幼なじみが絶対に負けないラブコメ1〜8」（同）
【ドラマCD付き特装版】
幼なじみが絶対に負けないラブコメ6　〜もし黒羽と付き合っていたら〜」（同）
「嘘つき探偵・椎名誠十郎」（メディアワークス文庫）

本書に対するご意見、ご感想をお寄せください。

ファンレターあて先
〒102-8177　東京都千代田区富士見2-13-3
電撃文庫編集部
「二丸修一先生」係
「しぐれうい先生」係

本書は書き下ろしです。

電撃文庫

幼なじみが絶対に負けないラブコメ8

二丸修一

2021年6月10日　初版発行

発行者　青柳昌行
発行　株式会社KADOKAWA
〒102-8177　東京都千代田区富士見2-13-3
0570-002-301（ナビダイヤル）
装丁者　荻窪裕司（META＋MANIERA）
印刷　株式会社暁印刷
製本　株式会社ビルディング・ブックセンター

ISBN978-4-04-913737-8　C0193　Printed in Japan

電撃文庫　https://dengekibunko.jp/

電撃文庫創刊に際して

文庫は、我が国にとどまらず、世界の書籍の流れのなかで〝小さな巨人〟としての地位を築いてきた。古今東西の名著を、廉価で手に入りやすい形で提供してきたからこそ、人は文庫を自分の師として、また青春の想い出として、語りついできたのである。

その源を、文化的にはドイツのレクラム文庫に求めるにせよ、規模の上でイギリスのペンギンブックスに求めるにせよ、いま文庫は知識人の層の多様化に従って、ますますその意義を大きくしていると言ってよい。

文庫出版の意味するものは、激動の現代のみならず将来にわたって、大きくなることはあっても、小さくなることはないだろう。

「電撃文庫」は、そのように多様化した対象に応え、歴史に耐えうる作品を収録するのはもちろん、新しい世紀を迎えるにあたって、既成の枠をこえる新鮮で強烈なアイ・オープナーたりたい。

その特異さ故に、この存在は、かつて文庫がはじめて出版世界に登場したときと、同じ戸惑いを読書人に与えるかもしれない。

しかし、〈Changing Times,Changing Publishing〉時代は変わって、出版も変わる。時を重ねるなかで、精神の糧として、心の一隅を占めるものとして、次なる文化の担い手の若者たちに確かな評価を得られると信じて、ここに「電撃文庫」を出版する。

1993年6月10日
角川歴彦

電撃文庫DIGEST　6月の新刊

発売日2021年6月10日

86―エイティシックス―Ep.10
―フラグメンタル・ネオテニー―

【著】安里アサト【イラスト】しらび【メカニックデザイン】I-IV

シンが「アンダーテイカー」となり、恐れられるその前――原作第１巻、共和国の戦場に散ったエイティシックスたちの断片（フラグメンタル）と死神と呼ばれる少年に託された想いをつなぐ特別編！

幼なじみが絶対に負けないラブコメ8

【著】二丸修一　【イラスト】しぐれうい

黒羽たちと誠実に向き合うため、距離を置いて冷静になろうとする末晴。『おさかの』も解消し距離をとる黒羽、末晴の意思を尊重する白草、逆に距離を詰める真理愛と三者三様の戦略で、クリスマス会の舞台が戦場に！

ソードアート・オンライン プログレッシブ8

【著】川原 礫　【イラスト】abec

《秘鍵》奪還、フロアボス討伐、コルロイ家が仕掛けた陰謀の阻止――数々の難題に対し、残された猶予はわずか二日。この高難度クエスト攻略の鍵は《モンスター闘技場》!?　キリトが一世一代の大勝負に打って出る！

七つの魔剣が支配するVII

【著】宇野朴人　【イラスト】ミユキルリア

過熱する選挙戦と並行して、いよいよ開幕する決闘リーグ。他チームから徹底的にマークされたオリバーたちは厳しい戦いを強いられる。その一方、迷宮内ではサイラス＝リヴァーモアが不穏な動きを見せており――。

ダークエルフの森となれ3
-現代転生戦争-

【著】水瀬葉月　【イラスト】ニリツ
【メカデザイン】黒銀　【キャラクター原案】コダマ

次々と魔術種を撃破してきたシーナと練介。だが戦いに駆動鉄騎を使用した代償は大きく、輝獣対策局の騎士団に目を付けられることに。呼び出された本部で出会ったのはシーナと天敵の仲であるエルフとその眷属で……？

ユア・フォルマII
電索官エチカと女王の三つ子

【著】菊石まれほ　【イラスト】野崎つばた

再び電索官として歩み出したエチカ。ハロルドとの再会に心を動かす暇もなく、新たな事件が立ちはだかる。RFモデル関係者襲撃事件――被害者の証言から容疑者として浮かび上がったのは、他ならぬ〈相棒〉だった。

ホヅミ先生と茉莉くんと。
Day.2 コミカライズはポンコツ日和

【著】葉月 文　【イラスト】DSマイル

茉莉くんのおかげではじめての重版を経験をすることができたホヅミ。　喜びにひたるホヅミに、担当の双夜から直接合って伝えたいことがあると編集部へ呼び出しがかかり――!?

虚ろなるレガリア
新作 **Corpse Reviver**

【著】三雲岳斗　【イラスト】深遊

日本という国家の滅びた世界。龍殺しの少年と龍の少女は、日本人最後の生き残りとして、廃墟の街“二十三区”で巡り会う。それは八頭の龍すべてを殺し、新たな“世界の王”を選ぶ戦いの幕開けだった。

僕の愛したジークフリーデ
新作 **第1部　光なき騎士の物語**

【著】松山 剛　【イラスト】ファルまろ

魔術を求めて旅する少女と、盲目の女性剣士。当初は反目しながらも、やがて心の底に秘める強さと優しさにお互い惹かれていく二人。だが女王による非道な圧政により、過酷過ぎる運命が彼女たちに降りかかり……。

キミの青春、
新作 **私のキスはいらないの？**

【著】うさぎやすぽん　【イラスト】あまな

非リア、ヤリチン、陰キャ、ビッチ。この世には「普通じゃない」ことに苦悩する奴らがいる。だが――それを病気だなんて、いったい誰に決める権利があるんだ？　全ての拗らせ者たちに贈る原点回帰の青春ラブコメ！

ひだまりで
新作 **彼女はたまに笑う。**

【著】高橋 徹　【イラスト】椎名くろ

銀髪碧眼の少女、涼原楓と同じクラスになった佐久間伊織。楓がほとんど感情を表に出さないことに気づいた伊織だが、偶然楓の笑顔を目にしたことで、伊織は心動かされ――。甘くも焦れったい恋の物語が幕を開ける。

ギルドの受付嬢ですが、残業は嫌なのでボスをソロ討伐しようと思います
uketsukejou saikyou
残業回避
定時死守！
（自分の）平穏を守るため、受付嬢が凄腕冒険者へと変貌する――!?
第27回
電撃小説大賞
金賞
受賞

インフルエンス・インシデント
Influence Incident
SNSの事件、山吹大学社会学部
『白鷺ゼミ』が解決します！（多分）
駿馬京
illustration◇竹花ノート
女教授と女子大生と女装男子（インフルエンサー）が
インターネットで巻き起こる
事件（インシデント）に立ち向かう!
第27回
電撃小説大賞
銀賞
受賞
電撃文庫

浮遊世界のエアロノーツ
無数の島々が浮かぶ世界で
森日向
〈イラスト〉―にもし
自分探しの旅がはじまる。
心躍るロードノベル開幕！
世界を変える《干渉力》の才能を持つが故に人々から疎まれ、心を閉ざしていた少女・アリア。自由気ままな飛空船乗りの泊人や、文化や価値観の異なる島の住人たちとの交流のなかで、少女は《風使い》としての力を開花させていく――。
電撃文庫